JN033447

故郷の懐かしき山

竹川新樹
TAKEKAWA Araki

文芸社

故郷（ふるさと）の懐かしき山 ——◎目次

一　白浪五人男

東の窓が厚いカーテンを通して白々と明るくなってきた。暗い部屋の中で、川北幸雄のまぶたが自然と開いてきた。朝の散歩をする時刻が来たのかと、ベッドの上で身体を起こす。

しかし、東の窓側がぼんやりと白くなっているだけで、部屋の中はまだ何も見えないし、目覚まし時計も鳴っていないのだから、幸雄の起きる時刻ではないようだ。幸雄はまた横になって眼を閉じた。幸雄の身体はまだ睡眠を欲しているようで、自然と眠気がさしてきた。

突然、目覚ましのベルが鳴った。

先ほどと違い、起きようという意思を働かせないとまぶたが開かないが、手探りでベルを止めた。隣では妻がまだ軽い寝息を立てている。

やっと起き上がり、朝の散歩に出かける支度をして寝室を出た。

居間の時計を見ると五時半だ。玄関のドアを静かに開け閉めして家を出た。

初夏の朝、東の雲間から太陽が顔を出して、気持ちのよい風も吹いている。

「さて、今日は土曜日だ。ジョギングの人や散歩をする人も多いだろうから、どのコースを歩こうかな」

幸雄はそうつぶやき、腕時計を見て、ポケットに入れてあった万歩計をジャージパンツのウエストに付けて歩きだした。

太陽は次第に高くなり、道路上に長い日差しを見せてくる。幸雄の家から少し行くと商店街が続くが、それもほどなく途切れて、静かな住宅街に入った。家々の庭に見える若い緑の葉は、初夏の風に吹かれてそよそよと揺れている。

馴染みの道だが、すがすがしい気分で辺りを眺めながら歩いているうちに、幸雄はふと思った。

――ああ、今日は十時から商店街の会館で、私たちの演劇サークルの公演があるんだ。自分は初心者じゃないから気が高ぶることはないとは思っていたが、今朝はそれが気になって、窓の白んだ頃に目が覚めたのかな。

幸雄はいつしか、今日の出し物である「白浪五人男　稲瀬川勢揃いの場」の日本駄右衛門（にっぽんだえもん）の科白（せりふ）を口にしていた。

今朝の散歩コースには小さな公園があり、その園庭には、つつじの花や咲き始めた紫陽花が朝日に輝いていた。まだ誰もいない公園で、幸雄は臆することなく日本駄右衛門を演じた。しかし、誰も見ていないのに、演じたあと急に恥ずかしくなって辺りを見回した。

早く帰って公演の準備をしなくてはと焦り、帰りは散歩ではなくなってしまった。

幸雄は大学の文学部出身で、演劇に大いに興味を持っていたので、大学では演劇サークルに入り、演劇一筋に頑張った。演劇に明け暮れした、短い四年間の大学生活であった。

就職を考えねばならない時期を迎え、これからの生活を考えたとき、演劇一本でいけるだろうか、とも考えた。そして、結局は演劇とは関係ない会社に就職をした。

だが社会人となり、月日が過ぎていっても、大学時代に演じたシェイクスピアの悲喜劇や、日本の民話劇など忘れられずにいた。

就職した会社は週休二日制だったので、幸雄はこの休日をうまく利用して、大学生の頃の趣味を生かそうと考え、演劇好きな人たちでサークルを作り、地域で発表する機会を持とうと計画を立てた。

幸いなことに、幸雄の考えに賛同してサークルの指導を引き受けようという松本肇という講師も現れた。

集まったメンバーたちは、演劇に対する興味はあるが演技経験のない素人がほとんどだったので、講師の松本は一回目の集まりで、「これは大変なことだぞ。発声法からやっていかなくては……」と、これからの苦労が目に見えるようだった。

「皆の前で、恥ずかしがらずに、大きな声が出せるようになることから始めよう」

松本は指導をいろいろと工夫する中で、歌舞伎の『白浪五人男』の名科白を言わせてみようと思い立った。

「重みのある発声で、大きく抑揚をつけて言ってみよう」

と、毎回配役を変え、一人ひとりに白浪五人男の科白を言わせた。

幸雄が散歩から帰ると、朝食の用意ができていた。子どもたちもすでに起きていて、それぞれに日課をこなしている。

「お父さん、今日は演劇サークルの発表会でしょう?」

「私、見に行くね」

と妻や子どもたちが言う。

「お父さん、サークルの名前はなんていうの?」

「ああ、そうだな、サークルの名前も考えなくちゃいけないなあ……」

地域の人々に関心を持たれたのか、商店街の会館はたくさんの観客で満ちていた。幸雄には思わぬ誤算であった。

やがて、開演を知らせるベルが鳴る。今までざわついていた会場が一瞬、静かになった。

舞台の緞帳が静かに上がっていくと、下手からマイクを持ったサークルメンバーの木村沙織が現れ、舞台中央に位置すると、客席を見渡してから深々とお辞儀をした。

「本日はこんなにたくさんの方々にお集まりいただき、ありがとうございます。私たちの演劇サークルは、今日が第一回の発表です。皆様に観ていただだくために、私たちメンバーは大変に努力をいたしました。今日、この舞台に立つのは、皆さんのご近所で顔見知りの方々ばかりです。そして、私たちをご指導くださっている松本肇先生です」

会場の後ろのほうで音響関係を担当している松本が立ち上がると、客席から拍手が沸いた。

「では、私のご挨拶はこれくらいにして、幕を開けることにいたしましょう」

沙織が深々と頭を下げて退場すると、会場がまた静かになった。

ひと呼吸置き、下手（しもて）から番傘をさした五人の人物が登場し、舞台へと並ぶ。

そして、しーんとした会場に、重みのある凛とした声が響き渡った。

「問われて名乗るもおこがましいが、生まれは遠州浜松在、十四のときから親に離れ、身の生業も白浪の、沖を越えたる夜働き、盗みはすれど非道はせず、人に情けを掛川から、金谷をかけて宿宿で、義賊と噂高札に、回る配符の盥(たれえ)越し、危ねえその身の境涯も、もはや四十に人間の、定めはわずか五十年、六十余州に隠れのねえ、賊徒の首領(ちょうほん)、日本駄右衛門」

「白浪五人男　稲瀬川勢揃いの場」の一番手、日本駄右衛門を演じているのは川北幸雄だ。演劇サークルを立ち上げて、数人の仲間とともに稽古に励み、今日は待ちに待った旗揚げ公演とも言える発表会である。

　松本の指導のもと、発声訓練を兼ねてこの「白浪五人男　稲瀬川勢揃いの場」の科白を、毎回配役を変えておこなっていた。それを今日は舞台の上で演じるのだ。役を与えられたメンバーたちは、張り切って舞台に上がっていた。

　一番手の幸雄、日本駄右衛門が、持っている番傘を大きく振り回し、見栄を切ると、大きな拍手が会場に響き渡った。

次は弁天小僧菊之助だ。今回は藤本祥子が演じる。本来は男性が演じるのだが、まだ男性メンバーが少ないため、女性が演じることになった。

「さてその次は江の島の、岩本院の稚児あがり、普段着慣れし振袖から、髷（まげ）も島田に由比が浜、打ち込む浪にしっぽりと、女に化けた美人局（つつもたせ）、油断のならぬ小娘も、小袋坂に身の破れ、悪い浮名も龍（たつ）の口、土の牢へも二度三度、だんだん越える鳥居数、八幡様の氏子にて、鎌倉無宿と肩書も、島に育ってその名さえ、弁天小僧菊之助」

堂々と抑揚をつけて、藤本祥子の声が会場に響いた。普段、祥子の声は少し高めなので、菊之助も高調子になるかと思われたが、いつもよりトーンを落として演じきった。

「続いて次に控えしは、月の武蔵の江戸育ち、餓鬼の折から手癖が悪く、抜け参りからぐれだして、旅を稼ぎに西国を、回って首尾も吉野山、まぶな仕事も大峰に、足をとめたる奈良の京、碁打ちといって寺々や、豪家へ入込み盗んだる、金が御嶽の罪科は、蹴抜の塔の二重三重、重なる悪事に高飛びなし、後を隠せし判官の、御名前騙りの忠信利平」

三人目の忠信利平になると、初めは「どうせ素人劇だろう」と軽く見ていた観客も、科白の内容まできちんと聞くようになってきた。

利平を演じているのは横田正二で、しばらく他の劇団にいた経験があるが、改めてこの演劇サークルに参加した人物だ。

「またその次に列なるは、以前は武家の中小姓、故主のために切り取りも、鈍き刃の腰越や、砥上ヶ原に身の錆を、とぎ直しても抜きかねる、盗み心の深翠(ふかみどり)、柳の都谷七郷(やつしちごう)、花水橋の切り取りから、今牛若と名も高く、忍ぶ姿も人の目に、月影ヶ谷神輿ヶ嶽(つきかげがやつみこしがたけ)、今日ぞ命の明け方に、消ゆる間近き星月夜、その名も赤星十三郎(あかぼしじゅうざぶろう)」

　番傘をうまく操り、大きく見栄を切って、十三郎役の茂木秀己も満足顔で後ろに下がった。

　さて五人目の登場である。

「さてどんじりに控えしは、潮風荒き小ゆるぎの、磯馴(そなれ)の松の曲がりなり、人となったる浜育ち、仁義の道も白川の、夜船へ乗り込む船盗人、浪にきらめく稲妻の、白刃(しらは)におどす人殺し、背負(しょ)って立たれぬ罪科は、その身に重き虎ヶ石(とらがいし)、悪事千里というからは、どうせ終(しめ)えは木の空と、覚悟はかねて鴫立(しぎたつ)沢(さわ)、しかし哀れは身に知らぬ、念仏嫌(きれ)えな南郷力丸(なんごうりきまる)」

力丸役は、不動産屋をやっている原田利夫という、芝居好きな壮年者が受け持った。原田は、幸雄が「演劇サークルを作りたい」とメンバー募集を始めたときに、真っ先に入団してくれた人物だ。

観客の中に歌舞伎好きがいたのか、一人ひとりの長科白が終わるたびに、歌舞伎と同じように掛け声が上がった。

最後に白浪五人男が勢揃いする。

日本駄右衛門「五つ連れ立つ雁（かりがね）の、五人男にかたどりて」

弁天小僧菊之助「案に相違の顔ぶれは、誰（たれ）白浪の五人連れ」

忠信利平「その名も轟く雷の、音に響きし我々は」

赤星十三郎「千人余りのその中で、極印（ごくいん）打った頭分（かしらぶん）」

南郷力丸「太（ふて）えか布袋（ほてい）か盗人の、腹は大きな肝っ玉」

日本駄右衛門「ならば手柄に」

五人「からめてみろ」

五人は番傘を広げ、足並みを揃えて、舞台を一回りして下手に去った。

観客たちからは大きな拍手と歓声が起きた。舞台袖に戻った五人は、それを聞いて嬉しさと同時にホッとした気分になった。

サークルの講師で、今日は音響担当もしていた松本肇が、観客席の後方から舞台に上がり、挨拶をした。

「本日は、まだ名もない私たちの演劇サークルの公演を、たくさんの方々にご観覧いただき、メンバーたちはもちろん、私も大変に嬉しいです。まだ始まったばかりのサークルですが、研鑽を積んで、皆様のご期待に応えられるようなサークルにしていきます。本日は本当にありがとうございます。このあと、もう一つ演目がありますので、また楽しんでください」

松本が挨拶を終え、舞台から下りると、場内の明かりが消えた。そして舞台のスクリーンに「夕鶴」という文字が映し出された。

作　木下順二

演出　松本肇

配役　つう：藤本祥子

与(よ)ひょう：川北幸雄

惣(そう)ど：原田利夫

運(うん)ず：横田正二

子どもたち

語り：茂木秀己・木村沙織

子どもたちも知っている「鶴の恩返し」の物語を、どれだけ幻想的に演じられるか、メンバーたちは真剣に取り組んだ。

二　交通事故

『白浪五人男』と『夕鶴』を発表した二日後、川北幸雄たちは、原田利夫の知人が経営している、街の居酒屋の小上がりで反省会とお疲れ様会をもった。

講師の松本肇、川北幸雄、藤本祥子、茂木秀己、木村沙織、横田正二、原田利夫が参加した。

会は幸雄の挨拶で始まった。

「松本先生から、『一回目としてはよくできた。二回目、三回目と、大勢の人たちに喜んで観ていただけるように頑張ってください』というお褒めの言葉をいただきました。とても嬉しいことです。では、乾杯しましょう。皆さん、ご起立ください。――演劇サークルがますます発展しますように、乾杯！」

立ち上がった皆が杯を上げ、「乾杯！」と声を揃えた。

皆が座に落ち着くと、幸雄が言った。

「私は今、『演劇サークル』と言いましたが、これは今回の公演のための仮の名です。皆さん、このままでいいですか?」

ここで皆うっと言葉に詰まった。自分たちのサークルには名前がない。「演劇サークル」でいいのだろうか?

「まだ私たちには正式な名前がありません。これから活動していくうえでも、名前が必要になると思います。そこで、この会の名前を提案します」

皆は幸雄に注目する。

「私たちの会の名称、『ほっと・はーと』はいかがでしょうか?」

皆、口々に「ほっと・はーと」とつぶやいた。

「うん、『熱き心』。いい名だね」

講師の松本が賛成した。

「私も、いい名前だと思うわ」

藤本祥子も同意した。

「そうだな、俺も今、ちょっと名称を考えてみたが、『ほっと・はーと』に勝るものは思いつかないな」

「うん、これに決めよう」

「この名前でいいと思う。賛成します」

横田正二も茂木秀己も木村沙織も賛成し、提案した幸雄はホッと肩を下ろした。


この居酒屋は駅の近くにあるため、会社帰りに一杯という客がだんだんと増えてきた。そこにふらりという感じで、一人の男が入ってきた。空いていたカウンター席に腰を下ろすと、幸雄たちがいる座敷に目をやる。

「ご注文は？」

と店主に聞かれ、男は、

「生ビールと、何かおまかせでつまみを……」

と答える。座敷では、ちょうど〈ほっと・はーと〉というサークルの名が決まり、盛り上がっているところだった。

すぐに運ばれてきた生ビールに口をつけると、男はスッと席を立った。そして座敷に近づくと、目で原田利夫を呼んだ。他のメンバーたちも男の様子に気づき、自分たちが少し賑やかにし過ぎたのを客が注意に来たのかと思っていると、

「ちょっと失礼」

と原田が席を立った。そして原田も男に目で合図をして、二人は店の外に出ていった。当然、〈ほっと・はーと〉の面々は何事だろうと気になった。

隣同士に座っている茂木秀己と木村沙織が囁き合う。

「何？　今の人」

「用事があるなら、きちんと挨拶をして声をかければいいのになあ」

「そうよね」

横田正二もムッとしているようで、

「本当だよ。原田さんも原田さんだ」

と眉をしかめた。

「まあまあ、いいじゃないか。何か事情があるんだろう」

と、その場をおさめた講師の松本が、思い出したように言った。

「そうそう、皆さんにお知らせがあるんだ。皆さんの発表会のあと、役所に用事があって福祉課に行ったんです。そこで――」

そのとき、原田が戻ってきた。

「大変に失礼いたしました」

原田はそう言いながら席に座り、

「松本先生、福祉課でどんな話があったんですか？」

と話の先を促した。

原田を呼び出した男が、暗い顔をしてカウンター席に戻ってきた。

松本は話を続ける。

「うちのサークルが今後も活動を続けていくのであれば、福祉課で企画しておこなう行事に参加して、街の皆さんを楽しませてほしい、と言われました。みんな、どう?」

幸雄は、この機会を大切にして、〈ほっと・はーと〉の活動をより充実させてはどうかと意見を言った。

「いいんじゃないかな」

「役所に応援してもらおうよ」

「松本先生、それは何か手続きが必要なんですか?」

「手続きのことまでは聞かなかったので、みんなが賛成なら、役所に行って話を詰めてください。川北くん、君が〈ほっと・はーと〉の座長だよ、よろしく頼みますよ」

松本に励まされ、「よろしくお願いします」と女性たちから言われ、男性たちからも「よろしく」と、川北幸雄を会の長にすることに皆、異議はなかった。

「じゃあ皆さん、そろそろ食事にしませんか？」

藤本祥子が、調理場までご飯物の注文を言いに行った。

店は客がさらに増えてきて、カウンターは満席である。原田利夫を呼びつけた男は、気まずくなってきたのか支払いを済ませ、こそこそと出ていった。メンバーをもっと増やそうという課題を残し、今夜の会はお開きになった。

八月に入り、この日も朝から太陽がぎらぎらと輝いている。日差しを避けるようにして、幸雄は朝の散歩に出た。今日は日曜日なので、いつもより散歩に出る時間がだいぶ遅かった。また、公園に寄ったり、道端の野の花を眺めたりと、いつもより時間がかかっていた。公園の遅咲きの紫陽花に心惹かれ、ブランコに腰を下ろし、いつもはしない休憩をとった。

〈ほっと・はーと〉が第一回の発表会で演じた『夕鶴』は、案外良かったと、街の人たちの話題になっていた。『夕鶴』は木下順二の秀作で、『鶴の恩返し』なども言われて、子どもでも知っている物語である。それを今回、幸雄が脚色をして台本を作ったのだった。

幸雄の与ひょう、藤本祥子のつう。その他、原田利夫、横田正二。語りは茂木秀己と木村沙織で発表した。幸雄はその舞台を思い出して、紫陽花を見ながら反省していた。

しばらくして、そろそろ家に帰ろうかと腰を上げた、そのときだった。

キキキキーッ！　と車の急ブレーキ音が聞こえた。

「なんだ⁉」と驚いた幸雄は、音の聞こえたほうを見た。白いワンボックスカーが走り去っていった。走り去った車のあとには、人が倒れている。

――ひき逃げか⁉

と、ワンボックスカーを目で追ったが、もうそのときには車は遠く離れ、ナンバーなどが見える範囲を超えていた。

この通りと公園は金網で仕切られており、見通しはいいのだが、運転する者にとっては公園に出入りする歩行者に注意が必要だった。

幸雄は視線を、道路に倒れている人物に移した。ここからは顔などは見えないが、打ちどころが悪かったのか、意識を失っているようでピクリとも動かない。

幸雄はポケットから携帯電話を取り出すと、すぐに一一〇番に電話をした。

間もなく、パトカーと救急車がサイレンを鳴らしながら駆けつけた。

警察官がすぐに規制線を張り、救急隊員は倒れている人物に処置を始めた。

幸雄はようやくそこに近づき、倒れている人の顔を見てさらに驚いた。それは原田利夫だったのだ。

原田は救急隊員の手当てのおかげか、やがて意識を取り戻したが、身体のどこかが骨折でもしているのか、痛がって身動きはできない状態だ。すぐに救急車に乗せられ、病院に搬送されていった。

パトカーで駆けつけた警察官は、人身事故のため応援の警察官を要請し、通りには野次馬も集まってきている。

「警察に電話してくれたのは、あなたですか？　お名前と、一応ご連絡先を教えてください」

幸雄は警察官から質問を受けた。

「川北といいます。川北幸雄です。携帯の番号は、０９０――」

「ありがとうございます。で、川北さんは、どうしてここにおられたのですか？」

「私は毎朝、散歩をしておりますので」

「なるほど、日課なんですね」

「はい。今日は散歩の途中で、この公園で休憩をしていたら、車の急ブレーキ音が聞こえたものですから、交通事故でも起きたのかと通りを見たら、車がものすごい勢いで走り去っていきました。そして、あの男性、原田さんが倒れていたんです」

「車種はわかりますか？」

「私が見たときには、車は遠くに走り去っていきましたが、白のワンボックスカーだったと思います」

「被害者は原田さんというのですね?」

「はい、そうです。私は演劇サークルに入っていて、原田さんもそのメンバーです。原田利夫さんといいます」

「原田さんのご職業をご存じですか?」

「不動産屋をしていると伺っていますが、あまり詳しいことは……」

「状況的にひき逃げの可能性も高いわけですが、原田さんは何か他人に恨みを買っているようなことなど、ありそうでしたか?」

「いいえ、原田さんに限ってそんなことはないですよ」

幸雄は原田とはサークル活動で会ったときに少し話すくらいなので、彼のことをそれほどよく知っているわけではないが、サークルでの原田の印象がそう言わせていた。

「そうですか」

「原田さんは、どこの病院に運ばれたんですか？」

「先ほど本部から連絡があって、北千住の総合病院に入ったそうです。そして、ご家族にも連絡がついたようです」

「そうですか。原田さんも最近、身体を鍛えようと思ってウォーキングを始めたと言っていました。大したことがなければいいけれど……」

「ご協力ありがとうございました。また何かあったらご連絡させていただくかもしれませんが、そのときはよろしくお願いします。では、川北さんも気をつけてお帰りください」

警察官は上司らしい男のところに行き、川北幸雄から聞いたことを報告しているようだ。

幸雄が散歩から帰宅するのが遅いので、家族も心配しているだろう。交通事故にでもあったのではないかと――。

三　総合病院

病院の朝は、どこでもそうだが賑やかである。

人々が行き来するその中に、一人の老女が待合室の椅子に座っていた。それを見て看護師が声をかけた。

「おはようございます。常さん、早いね」

常さんと呼ばれた老女は、聞こえたのか聞こえなかったのか、じっと座ったままだ。

「今日はどうしたんですか？」

ここで常はやっと気づいたらしく、急にそわそわしだした。

「常さん、具合が悪いの？」

「あ、いいえ。私も八十八歳になりました」

少し大きな病院になると、このような老齢者が朝から何人も待合室にいるものだ。毎朝のように病院に来るこの老女に、通りかかる看護師たちは気軽に声をかけていく。

「常さん、朝ごはん食べてきた？　お腹を空かせたままでいると、大変よ」

「はい、たくさん食べてきましたよ」

「病院の行き帰りには、車に気をつけてね」

そのとき、救急車のサイレンの音が病院の中にまで響き渡った。患者を運んできたようだ。病院の中は急に緊張感が漂い、看護師たちの動きもきびきびとしてきた。

時刻は午前九時。救急車から降ろされた患者は、ストレッチャーですぐにレントゲン室に運ばれた。車にはねられたらしいこの患者は、現場でしばらく気を失っていた。

救急車の中で、まだあまり意識のはっきりとしていない患者から救急隊員が聞き出した情報が、警察や病院に知らされた。

患者は頭に小さな傷があった。そしてさまざまな検査のあと、ストレッチャーで救急救命室に運ばれ、外科医師によって治療が施されると、外科病棟の個室に運ばれ入院となった。

病室に運ばれた患者をベッドに移す前に、看護師が訊ねた。

「お名前の確認をさせてくださいね。あなたのお名前は?」

患者は小さな声で答えた。

「原田利夫です」

「原田利夫さんですね」

原田は目で頷いた。

看護師二人によって、原田はベッドに移された。

そのときドアがノックされ、原田の妻みさおと娘の恵子が入ってきた。突然の知らせに、二人は取るものもとりあえず駆けつけてきたようだった。

「あなた！　大丈夫⁉」

「お父さん、どうしちゃったの？」

看護師は二人を落ち着かせるように言った。

「奥様とお嬢さん、原田さんは今、この病室に来たばかりです。ゆっくり休ませてあげましょう。怪我の様子は、先生のほうからお話がありますので」

母と娘は原田の姿を見て少し安堵したのか、看護師の言葉に従い、医師のもとへ案内されていった。

「先生、主人はどうなんですか?」

「奥さん、大丈夫です、心配はありませんよ。まず、原田さんの頭の怪我は、自動車にはねられた傷ではなく、道路に倒れたときにできたものです。検査では頭に異常はありませんでした。次に身体の内部ですが、心臓や肺などを保護する役割の肋骨という骨があります。左右に十二本ずつある骨が鳥籠のようになって、肺や心臓を包むように守っています」

「その肋骨が、どうなったんですか?」

みさおは心配のあまり医師の説明をゆっくりと聞いてはいられない様子だ。

「原田さんは、その肋骨が二本折れていますが、大きく折れているわけではないので、手術はしません。胸にさらしを巻いて様子を見ます」

「それで、入院は何日くらいですか?」

「そうですね。交通事故ですので大事をとりますが、今後異常が出なければ二、三週間ほどで家に帰れます」

「二、三週間で家に帰れるんですね！」

みさおと恵子は初めて明るい顔になった。

二人は原田の病室に戻り、眠っている原田の顔を見て、ナースステーションの看護師たちに「夫をよろしくお願いします」と言って帰っていった。

その日の午後、警察の捜査員が二人、病室の原田を訪ねてきた。ちょうど看護師がいるときだったので、ノックされて看護師がドアを開けた。

「この個室は、原田利夫さんの病室ですね」

「はい、そうです」

「警察ですが、原田利夫さんに聞きたいことがあって伺いました」

捜査員二人は警察手帳を見せて病室に入り、ベッドの足元に立った。原田は起き上がることができないので、横たわったまま捜査員を見つめる。看護師は気を利かせて病室を出ていった。

「声を出すことが苦しかったら、頷くだけでいいですよ」

捜査員はそう言って、原田の横に来た。

「原田さん、あなたにぶつかった車の、大きさや色を覚えていますか？　車のナンバーは見ましたか？」

原田はか細い声で答える。

「車は、ワンボックスカーで、白でした……」

「わかりました。運転している人の顔は見ましたか？」

「いいえ……」

「最後にお聞きしますが、原田さんは誰か人に恨まれるような覚えはありますか？　また、最近何か不審なことはありませんでしたか？」

「いいえ……、ありません」

「そうですか。どうもありがとうございます。早く元の生活に戻れるといいですね。では、失礼します」

二人の捜査員は病室から出ていった。原田はたったそれだけでも疲れてしまったのか、ベッドでぐったりとしている。捜査員が病室から出ていったのを見た看護師が病室に戻り、そんな原田の様子を見て、

「原田さん、大丈夫ですか？」

と声をかけた。その声に、原田が安心したように微笑んで頷いたので、看

護師は安堵した。そして点滴の様子を調べると、静かに病室から出ていった。

医師たちの午後の回診も終わり、病棟の中が落ち着き、面会時間が来た頃、男が一人やってきて、各病室の入院患者の名札を調べていた。看護師たちも、初めは患者の見舞いに来て病室を探しているのだろうと思っていたが、やけにウロウロしているので看護師長が声をかけた。

「どなたの部屋をお探しですか？」

「はい、友人が入院しているのですが、病室はわかりました。明日にでも友人を誘って改めて見舞いに来ます。お手数をおかけしました」

男はそう言って足早に外科病棟から去っていった。

看護師長は首を傾げながらナースステーションに戻り、そこにいた看護師たちに言った。

「今の男性、ちょっとおかしかったわね。病棟荒らしも増えているようなので、皆さん用心しましょうね」

数日後、川北幸雄、藤本祥子、茂木秀己、木村沙織が一緒に原田の見舞いに訪れた。原田の怪我の様子は日が経つにつれ快方に向かっている。個室ということもあり、女性たちはここが病院であることを忘れたように賑やかである。

最近はどこの病院もそうだが、家族または付き添いが入院患者に必要なことは基本的にはない。幸雄たちが見舞いに来たときも、原田の妻、みさおはいなかった。

「原田さん、お体の調子はどうですか？　お食事はちゃんと食べてます？」

「奥様は毎日いらしてるの？」

まだ点滴をしている原田に、女性たちは声高に話しかけ、幸雄もこれには少々呆れてしまった。

しばらくすると彼女たちは、これで見舞いは済んだ、とでもいうように、もう帰ることに気が行っている。

「さあ、私たちは原田さんのお元気な顔を拝見できたので、そろそろ帰ります」

「お見舞いに果物を持ってきましたので、奥様とご一緒にどうぞ」

藤本祥子と木村沙織、そして茂木秀己も一緒に病室から出ていった。

二人きりになったところで、幸雄は原田に聞きたいことがあった。

原田も幸雄が来るのを待っていたようだ。幸雄はパイプ椅子をベッドの近くに寄せて、原田と会話がしやすいようにした。

「もう少ししたら、松本先生や横田さんもお見舞いに来るそうです。原田さん、大変でしたね。でも、会話ができるまで回復されてよかったです。ところで、うかがいたいことがあるのですが、それは、今回の事故と関係があるかもしれない。気分は悪くないですか？」

「ああ、大丈夫だよ」

「〈ほっと・はーと〉の発表会のあと、居酒屋でお疲れ様会をしたときに、カウンターにいた客から、原田さんは呼び出されていましたね。あのとき、彼に何か言われたんじゃないですか？　それが今回の事故とつながっているんじゃないですか？」

「そうだな、そんなことがあったな……」

原田は遠い昔を思い出すような返事をした。

「よかったら、あのときのことを話してみませんか？　少しは解決するんじゃないでしょうか」

「……そうだな」

原田の様子は煮え切らない。

「あのときのことは、警察に話しましたか？」

「いや、話してない……」

「そうか、言いたくないことなんですね。……ところで、不動産屋のほうは大丈夫なのですか？」

そんな話をしていたところに、原田の妻みさおが、買い物帰りといった様子で病室に入ってきた。

「あら、川北さん。お見舞いに来てくださって、ありがとうございます」
「〈ほっと・はーと〉のメンバーで来たんですよ」
「あら、皆さんはお帰りになったの？　もう少しゆっくりしていてくだされ
ばお会いできたのに。川北さん、主人の店のことを心配してくださっていた
ようですが、店は事故後、三日ほど休業しましたが、主人のもとで仕事をし
ていたことのある吉田が、業務を引き受けてくれました。何かあればすぐに
吉田から連絡が入るでしょう」
「そうですか。良い方がいてよかったですね」
「うちは不動産屋といっても、広い土地や建物をどうこうするわけじゃない
よ。不動産アドバイザーで、マンションの一部や大学生向けのアパートなん
かを斡旋する仕事が主だね」

幸雄は、少し深入りし過ぎたかもしれないと感じた。

「そうですか、早く仕事に復帰できるといいですね。じゃあ、私もこのへんで失礼します。大変に長居をして、疲れさせてしまって申し訳ありませんでした」

「お忙しいところ、ありがとうございました」

みさおに送られて、幸雄は病室をあとにした。

幸雄は原田が車にはねられたときの第一目撃者だ。事故が起こった瞬間は見ていなくても、警察に連絡を入れたのは幸雄だ。その責任といえないまでも、この事故に関してわかったことは警察に知らせようと幸雄は思っていた。

原田は言葉を濁していたが、事故と、居酒屋に現れた謎の男とは関係があるのではないかと幸雄は考えていた。

病院からの帰り、幸雄は警察署に寄って、原田の事故以来顔なじみになった警察官に居酒屋での一件を話した。原田の事件は、事故の瞬間の目撃者もいないので、解決にはいたらず、捜査員も減らされていた。

四　謎の男と〈ほっと・はーと〉

居酒屋の謎の男の話が警察に届けられたことにより、刑事課が活動を始めた。しかし、捜査員が聞き込みなどをするのではなく、一人の捜査員の発案で、普通では思いつかないような方法がとられることになった。
それは川北幸雄たちの演劇サークル〈ほっと・はーと〉が重要なポイントだった。講師の松本と幸雄が中心となり、刑事課の案が実行に移されることになった。

一週間ほどして、新聞の折り込みに面白いチラシが入った。
〈ほっと・はーと〉公演のお知らせである。

『病院の待合室』
作・演出　松本肇
日時　十月二十四日（日曜日）※地域商店街のお祭りの日
会場　日暮里会館

「これには理由があります。警察の刑事課から依頼され、松本先生に了解を得た上での公演です」

幸雄は、『病院の待合室』の公演をするに至った経緯を、サークルメンバーに説明し始めた。

「原田さんの事故は、誰がどうして起こしたのか、いまだにわかりません。

本人もわからないようです。第一回の公演のあと、居酒屋でお疲れ様会をしましたね。そのとき、原田さんはカウンター席にいた男から呼び出されました。原田さんは警察から、何か不審なことはなかったかと聞かれたとき、それを言っていなかったのです」

「ああ、そうよね。あの男、強請(ゆすり)が成功しなかったから、腹いせに車をぶつけたのかもしれないわよね」

藤本祥子の言葉に軽く頷き、幸雄は説明を続けた。

「それで、その男が私たちの公演に関心を持っているのではないか、私たちの公演には必ず顔を見せるだろう、と刑事課から言われました。男は、原田さんが救急車で病院に運ばれた、ということはわかっても、何日入院しているかということまでは調べられないでしょう。だからきっと、〈ほっと・はーと〉が公演をすれば、原田さんも出演するだろうと思うはず――」

「ちょっと待った」

横田正二が、幸雄の説明途中で声を発した。

「川北さんの言ってることはわかったけど、〈ほっと・はーと〉は警察の〝御用劇団〟になるっていうことなのかい？」

この横田の発言に、女性たちの顔にも「これは大変だ！」という表情が浮かんできた。

「松本先生も、それでいいとおっしゃってるの？」

藤本祥子が幸雄に詰め寄る。それを聞いて、

「私も、そこが心配よ」

と、木村沙織が茂木秀己と頷きながら言った。

「〝御用劇団〟なんて聞いたことないけど、そうなったら事件が起こるたびに公演のお声がかかって大変だぞ」

「いやいや、三人ともちょっと待ってよ。これは、原田さんの事件を解決する方法として、こんな方法でやってみてほしいという刑事課の一策で、警察の御用劇団になるなんて一言も言ってないぞ」

幸雄も、刑事課から依頼され、それはいい方法かもしれないと思い、講師の松本に相談し、計画した公演なので、メンバーから非難の声が上がるとは思ってもいなかった。

「私は原田さんの事件を解決したいんだよ。車で原田さんをはねていながら逃げているなんて、私は許せないんだよ」

「ごめん、ごめん。私たちだって加害者は許せないよ。犯人を見つけたいよ。

わかったよ、説明を続けてください」

「十月二十四日は、地域商店街のお祭りの中日に当たっています。そのお祭りの一つのイベントとして、〈ほっと・はーと〉に芝居をしてほしいと刑事課から言われました」

そこで祥子が訳知り顔で言った。

「商店街のお祭りを、区の福祉課が応援してくれているのよね。〈ほっと・はーと〉も社会の福祉に貢献しなくてはね」

「それで、さっき、その公演に例の居酒屋の男が来るかもしれないって言ってたけど、本当に来たとしたらどうするんだ?」

「居酒屋で原田さんを呼び出した男の顔を、私たちは知っている。もしその男が公演に来たら、警備に当たっている警察署員に連絡して、捕まえてもらえばいい」

「でも、私たちはお芝居をしているのよね。途中でお芝居をやめるなんて、できないわ。演技者として、それはやってはいけないことだわ」

「沙織さん、ご立派！」

「そうなると、私たちの公演中にその男が現れても、どうすることもできないね」

皆のやりとりを聞いていた幸雄が言った。

「もう一人、その男の顔を見ている人物がいるのを、忘れてはいませんか？」

「松本先生？　でも、先生だって私たちがお芝居をしているんですから――」

「あっそうか、居酒屋の親父さん！」

「そう。だから居酒屋の親父さんにも公演に来てもらおうと思ってるんだけど、商店街のお祭り中だから、店のほうが忙しいかもしれないな」

「そうだな、仕方ないよ。松本先生にお願いして、観客のほうにも目を配っていただこう」

「さあ、松本先生が見える時刻になった。今日もしっかり稽古しよう！」

幸雄はここで一応、原田の件の話を切った。

『病院の待合室』
　演出　松本肇
　配役　内科医師：川北幸雄
　　　　看護師：藤本祥子
　　　　代議士：山田功

怪我をした男：横田正二

老女：茂木秀己

美女（女優）：木村沙織

山田功は、〈ほっと・はーと〉の一員ではなく別の劇団の団員で、講師の松本が「代議士」役のために客演を頼んだ。

この日、松本は稽古に来る前に原田の見舞いに寄ってきたという。

「原田さん、ずいぶん元気になってたよ。痛みも取れてきたって言ってた。十月二十四日の〈ほっと・はーと〉の公演に出られないのが残念だとも言ってた。その次の公演にはぜひ出演したいって。だから、治療をきちんとすれば、すぐ元のように大きく味のある声が出せるようになるよ、と言ってきた」

幸雄がリーダーらしく皆に声をかけた。

「よし、さあ稽古を始めよう。本番と思って頑張ろう！」

さて、『病院の待合室』はどんな芝居なのだろう？

老女と看護師の、待合室での朝の挨拶。怪我をした男がなぜか内科に来て、医師との掛け合い。代議士が、胃腸が悪いとやってきて、医師との駆け引き。医師と看護師と女優との三角関係。これらをコミカルに展開していく。


十月二十四日、舞台当日。台風も過ぎ去って朝からよい天気である。日暮里会館前の広場には、いろいろな屋台が立ち並び、お祭り気分に満ちている。開場時間の午後一時三十分近くになると、広場にいた人たちはもちろん、商店街のほうからも、〈ほっと・はーと〉メンバーたちが想像していたよりもたくさんの人が会館に押し寄せた。

ハーモニカの演奏に続き、シャボン玉パフォーマンスが披露され、いよいよ〈ほっと・はーと〉の『病院の待合室』の開演である。

暗転の中、幕が開き、明転になると、老女が一人、病院待合室の長椅子に座っている。音楽はなく、聞こえてくるのは病院内のざわめきである。

観客たちは、これから何が始まるのだろうと、固唾をのんで舞台を見守っている。商業演劇を何度か観たことがある人も、今日の観衆の中にはいるようだ。しかし素人に毛が生えた程度の劇団の今日の芝居に、何か心惹かれるものがあるのか、観客たちは皆静かに舞台を見つめている。

幸雄をはじめ、男性陣も女性陣も、気の入った好演である。松本も、観客の様子をうかがうどころか、舞台を真剣に見つめていた——。

出演者たちにとっては長いようで短い『病院の待合室』の公演が終わった。幕が下りたあと、全員で再び舞台に戻り、観客たちに挨拶をした。客席からは好演に対する盛大な拍手が送られた。一度下がり、幕を開けてもう一度挨拶に出ると、また盛大な拍手が送られた。そして女性たちには花束が渡された。そのとき、舞台上のメンバーたちは、観客席で妙に動き回っている男を発見した。

幕が下り、控室に引き揚げたメンバーたちが、衣装を着替えながら、

「あれは、あの男だ」

「例の居酒屋の男がいたわ」

「早く警察に連絡を」

などと騒いでいるところに、ドアがノックされ、なんと当の本人が控室に

入ってきた。

「あのう……原田さん、おられますか?」

皆は着替えの手を止め、唖然とした。

「あなたは、どなたですか?」

と、早くに着替えの済んでいた木村沙織が聞いた。

「私は中村といいます。原田さんはおられますか?」

男は一番近くにいた幸雄に再び聞いた。幸雄が返事をする前に横田に目で合図をすると、横田は素知らぬ振りをして控室から出ていった。

「原田は都合が悪くて、今日の公演には出演しませんでした。原田に何かご用ですか?」

「そうですか……。原田さんの不動産屋に行っても、社長は今留守にしていますと言われるばかりで、ここに来れば会えるだろうと思ったんですが……」

「あなたと原田は――」

「また店のほうへ行ってみます」

中村がドアを開けようとしたとき、ちょうど横田が警察官を連れて控室に入ってきた。警察官が幸雄に訊く。

「この人ですか？」

「はい、居酒屋で見た人です。中村さんというそうです」

「中村さん、そこの交番まで来てください」

中村と名乗った男は、突然のことに驚いた。

「えっ、交番ですか？　……まあ、いいでしょう」

着替えの済んだ〈ほっと・はーと〉の面々は、片隅に集まって成り行きを見守っていた。

「茂木さんと女性の皆さんは、松本先生と山田さんと一緒に、近くの喫茶店に行ってコーヒータイムにしてください。今日のお疲れ様会のことはあとで連絡します。松本先生は会館の事務室におられるはずです」

幸雄はそう言うと警察官のあとを追った。

会館前広場の屋台は、まだまだたくさんの人たちであふれている。そんな中、いつ手配したのか警察の覆面車両が会館の楽屋口に横付けとなった。車中には、解決していない原田の交通事故の捜査員が乗っていた。

捜査員は控室に入ってくると、

「中村さん、先ほど警察官が交番のほうへと言ったと思いますが、都合で警察署のほうへお願いします」

と中村に告げた。

中村、幸雄、横田は、捜査員の先導で警察車に乗った。

「やれやれ、面倒なことになってきたぞ」

と中村がつぶやいた。


警察署に着くと、三人は応接室のような部屋に通された。中村が犯人と決まったわけではないので、その配慮からのようだった。

部屋にはすでに、刑事課長をはじめ、署長、捜査員が待機していた。

刑事課長は部屋に入ってきた中村を見て、

「君はなんで――」

と声を上げた。中村は課長の前に行くと、

「お久しぶりです」

と挨拶をした。それを見た幸雄と横田はただ呆然として、いったいどういうことなのかと言葉も出ない。

刑事課長はそれを見て苦笑いをした。そこで、幸雄と横田がようやく口を開く。

「この人が、居酒屋で原田さんを呼び出した男です」

「そうです。今日、私たちの演劇サークルの公演が日暮里会館でありましたが、中村さんは、原田さんもいると思ってか、控室に訪ねてきたようです」

ここまで聞いていた刑事課長が口を挟む。

「川北さんも横田さんも、それに交番の警察官も勘違いをしている。この人は警視庁の刑事さんだよ。この付近で空き巣が横行しているので、隠れ捜査をしているんだ」

「はい、私は刑事です。原田不動産がお客に紹介した物件を、原田さんがまめに見て回っていることがわかり、私とかち合うこともたびたびあって、顔見知りになったんです」

「そんなわけで、中村刑事は事故を起こした人ではありません。川北さん、横田さん、ご苦労さまでした」

五　原田不動産

四年前、大学を卒業して大手の不動産会社に就職した原田は、売り手や買い手の気持ちを忖度し、顧客に好感を持たれた。原田の所属部署は主に住居関係だった。新築のマンションを買いたい人や、今住んでいるマンションを売って新しいマンションに買い換えたい人、また今のマンションは住み心地が悪いなどの苦情を聞く担当もさせられた。

当時の顧客たちは、どちらかといえば富裕層であり、一般的にはなかなかマンションを購入できるものではなかった。当時、東京では庶民の住居としては間借りやアパートという時代だったのだ。

原田は、新築や中古マンションの売買でも、賃貸でも、できるだけ良い住居を求める人たちが大勢いることに目がいった。マンション購入希望者には、それなりに住み心地の良い物件を、アパートや間借りを希望する人たちには、環境の良い物件を紹介するように努力をした。

こうして大手不動産会社を二十年勤めた原田は、妻のみさおと相談し、町の小さな不動産屋を開業するために国土交通大臣免許を受け、この店を始めた。

開業初日、「原田不動産——住まいのアドバイザー」と書かれた看板を見上げた原田は、妻のみさおと、まだ小学生の恵子に、これからどのように原田不動産を発展させていくか、あれこれ夢を語った。地域の人たちに喜んでもらえる〝住まいのアドバイザー〟となれるように頑張っていくよ、と力強く言い切った。

「原田不動産のあとの、〝住まいのアドバイザー〟というのがいいだろう？」

開業当初は大勢の客が来て、物件紹介に契約、住まいの相談もたくさんしたが、しばらくすると一段落したようで暇になってきた。

しかし原田は、ここからが原田不動産の本領とばかり、アドバイザーぶりを発揮し始めた。客を紹介した物件の大家や管理人を訪問し、ここに移住してきた人たちが平和に暮らしているか尋ね、住人たちにも住まいの困り事はないかと訊き、原田不動産を利用する人たちに良いアドバイスをするための資料にした。

そんなふうに月日は流れ、ある年の十二月の寒い日、今にもみぞれか雪が降ってきそうな空模様の下、一人の青年が原田不動産に入ってきた。

「看板に〝住まいのアドバイザー〟とあったので、私のアドバイザーになっていただきたく、今日は来ました」

「はい、私が住まいのアドバイザーの原田です。どうぞ、あちらの椅子にお座りください。どんなご相談でしょうか？」

「私は去年の四月から、北千住の荒川近くにある鉄材加工の工場で働いています。昼休みなどに、工場近くを流れる荒川の河原に立つと、ずっと暮らしていた田舎を思い出します」

「いい思い出があるんですね」

原田は机に置いている青年の手を見た。慣れない住まい相談の緊張からなのか、寒さのためなのか、青年の手はかすかに震えている。

「こんな寒い日に、よくお出でくださいました」

「すみません、いきなり自分のことを話してしまって。私は清水睦（むつみ）といいます」

原田は店の奥に向かって、

「母さん、コーヒーを持ってきて」

と声をかけた。待つ間もなく、みさおが湯気の立つコーヒーを盆に載せて持ってきた。

「あなたが仕事中にコーヒーを飲むなんて珍しいこと。――あら、お客さんでしたの。じゃあもう一つね」

みさおは持ってきたコーヒーを睦の前に置くとすぐ奥へ引き返した。

「さあどうぞ。身体が温まりますよ」

目の前の湯気の立つ飲み物は、今の睦には何よりも嬉しいものだった。睦は原田とその妻に感謝しながら、両手でカップを持って口を付けた。

「これで少しは暖かくなるでしょう」

原田は睦を見守っている。睦がフーフーとコーヒーを冷ましながら一口、一口飲んでいると、みさおがもう一杯コーヒーを持ってきた。

「なんだか雪でも降りそうね。今日は暖かくしていないとね」

「清水さん、コーヒーをもう一杯どうかね？　震えは止まったようだね」

「いえ、ありがとうございます、大丈夫です。先ほどは無様なところをお見せして、恥ずかしい限りです」

原田も商売を忘れていなかった。

「さあ、落ち着いたところで本題に戻ろう。この近くで住まいを探している、ということかな？　今までどうしていたんだね？」

「工場で働き始めるのと同時に、会社の寮に入りました。最初は、工場の仕事や同僚たちに慣れるためには、寮に入るのは最上のことだと思っていました。でも、月日が経つにつれて、息苦しさを感じてきたんです」

「どうしてかね？　仕事を覚えるためには、少しは辛抱しないと」

「自分も初めはそう思っていました。でも、そうじゃなかったんです」

「そうではない？」

「はい。先輩たちは私たち新人をよく指導してくれていますし、寮生活での決まりは守らねばなりません。でも、人間って自由も必要だと思うんです」

「清水さんとおっしゃったかしら？　清水さんのご両親は、どんなお仕事をされているんですか？」

今まで二人の話を聞いていたみさおが、睦に聞いた。

「父は私がまだ子どもの頃に亡くなりました。父の残した飲食店を、赤城山の麓にある街で、母と兄でやっています。赤城山に行ったことはありますか？

とても素晴らしいところですよ」

「赤城山は、私はまだ行ったことがありませんけど、山麓が広くて、とても素敵な風景が広がっているんですってね」

「私は、前に勤めていた会社の社長さんと福島に行ったときに、列車の窓から赤城山を見たよ」

「お父さん、夏休みにでも行きましょうよ」

原田はみさおに微笑みながらも営業の顔に戻る。

「清水さんは、どんな住まいがご希望ですか？　今までの話で大体のところはわかりましたが、あなたの希望するような物件が、私のところに来ているかどうかですね」

「お父さん、ぜひ探してあげてね」

睦も、お願いしますと頭を下げた。

原田は自分のデスクに戻り、引き出しから一枚の簡易な書類と、机の上の物件情報が綴じてある一冊の綴りを持ってきた。

「清水さん、あなたの希望条件を、この書類に書き込んでください。初めにはっきりとしておくと、あとが楽です」

睦は、希望の最寄駅の名前や、賃貸アパートかマンションか、間取りはどれかなど、希望する条件を書いていった。しかし、希望する物件の家賃が自分の給料で支払いできるのか……という不安もあった。

原田は睦が書いた書類を受け取ると、それを声に出して読み上げた。

「西日暮里で、アパート、間取りは2DKをご希望。玄関は個々にあること。

部屋に浴室があること。――でも清水さん、あなたの一番大切な条件が書いてありませんね」

睦は、はっとした。何も言っていないのに、その一番重要な条件を原田は見抜いているのだろう。「住居探し」という大切なことをお願いしているのに、それを秘密にしていては駄目だ。

「原田さん、申し訳ありません。実は私、結婚をしたいと思っているんです」

「そうでしょう。そのために寮を出て住居を決めるんでしょう。これからのあなたにとって、一番大きな問題ですよね。では、新しい住居が決まったら、お二人で住むということでよろしいですね」

「私と彼女との二人だけの約束で、まだ正式に決まったわけではないんですが」

「いえいえ、それはおめでとう！　いい住居を探しますよ。——さて、あるかな？」

原田が物件情報の綴りを、一枚一枚めくって調べ始めると、外を見ていたみさおが言った。

「あら、やっぱり雪が降ってきたわ。清水さん、今日は早く寮に帰ったほうがいいかもしれないですよ。風邪をひいてしまうわ」

「うん、清水さん、工場が休みの日にもう一度いらしてくださいよ。それまでにいい物件を見つけておきます。家賃も手頃なのをね」

原田不動産のいいところは、あくまでも借りたい人の条件にピッタリ合った物件を探していくことである。そして無理強いをせず、納得のいくまで相談に乗ることである。これが〝住まいのアドバイザー〟なのだ。

「清水さん、本格的に雪が降ってきたようだから、この傘を持ってらっしゃい。返してくださるのは、いつでもいいわ」

みさおの差し出す傘を持って、睦は原田不動産を出た。先が見えにくいほどに雪が降っている。道にはすでに雪が積もり始めていて、うっかりすると足を滑らせてしまいそうだ。

「ありがとうございました。では、休みの日にまた伺います」

みさおは睦の帰っていく後ろ姿を見送りながら夫に言った。

「お父さん、なんだか印象深い若者ね。いい物件を探してあげてね」

「そうだな、私も心惹かれるものがある。彼の条件に合う物件はいくつかありそうだから、明日にでも下見に行ってくるよ」

「あっ、そうそう、忘れるところだった。お父さん、年が明けたら新春歌舞伎を観に行きましょうよ。団十郎の『白浪五人男』、素晴らしいって」

「問われて名乗るもおこがましいが、生まれは遠州浜松在――か。そうだな、たまには奥さんサービスしようかな」

「本当？　嬉しい！　チケットを手配しておくわね」

みさおは睦が飲んだコーヒーカップを持って奥へ入っていった。

原田が睦の物件探しで乱雑になった資料を整頓していると、また来客があった。

「こんにちは」

コートのフードを目深にかぶり、冬のこの時期にサングラスをかけている男だ。

「物件をお探しですか？」

原田が対応すると、男はフードも取らず、いきなり声を上げた。

「今、清水という奴が来ただろう！　住まいなど紹介するな！」

「ここは不動産屋ですので、物件を紹介するなと言われましても――」

「清水に、住まいを紹介するなと言ってるんだ！」

「清水さんのお知り合いの方ですか？　しかし、今申しましたように、ここは不動産屋ですし、私は〝住まいのアドバイザー〟です。何か理由があるのですか？」

「うるさい！　とにかく清水に住まいを紹介するな！」

男は怒りを爆発させて、荒々しく外に出ていった。

原田は訝しんだ。住まいを探している者に、住まいを紹介するなということは、そこで生活をされては困るということだ。清水睦や今の男が社会的に罪を犯した者だったら、対応を考えなくてはならない。しかし睦に関しては、原田も妻も良い印象しか持っていない。男が今後も脅迫じみた行為を繰り返すようだったら、警察に相談しなくてはならないと原田は思ったが、フードにサングラスの男が来たのは一回きりで、それ以降は現れなかった。

一週間後、清水睦は田舎の母とともに原田不動産を訪れた。

「先日はありがとうございました」

「雪、大変だったね。風邪をひかなかったかい？」

「おかげさまで濡れずに帰れました。あっ、傘を持ってくるのを忘れた！」

「いいですよ、また後日で」

「今日は物件を見せていただいて、決めたいと思い、田舎の母もちょうど出てきましたので、一緒に来ました」

「息子がお世話になります。このたび睦が家庭を持つことになり、会社の寮を出ることになったというので」

「お母さん、田舎から出てくるのは大変でしょう」

「今までは東京に出てきても、睦のところに泊まるわけにはいかないので、いつも帰りを気遣っていました」

「今度は睦さんのところで一泊くらいはできますよ」

「そんなにいい住まいが見つかったのですか?」

「はい、きっと睦さんにご納得いただける住まいだと思います。これから物件を見に行きましょう」

原田は妻のみさおに店を頼み、清水親子と物件の内覧に出かけた。睦の希望している西日暮里辺りは原田不動産からも近いので、西日暮里の街を見ながらアパートへ向かった。

幸い、親子とも原田の紹介した物件が気に入り、事務所に帰るとすぐに契約となった。これで睦は工場の寮から出て、三月から新しい住まいで生活することになった。寮生活でたいした家財道具もない睦の引っ越しは、母親が手伝いに来るまでもなく簡単に終わった。

しかし原田は、あの日、恫喝に来た男のことがずっと気にかかっていた。睦が引っ越して約一ヵ月、四月になり、原田は〝住まいのアドバイザー〟としての責任から、睦の住んでいるアパートを見に行った。

アパート周辺は西日暮里としてはわりに静かで、特に変わった様子も見られず、住民も平穏な生活をしているようだ。原田がひとまず安心して帰ろうとしたとき、二、三軒離れた家の陰から、睦の住むアパートを見ている男を見つけた。原田はその人物に近寄り、アドバイザーとしての使命感から声をかけた。

「何か変わったことでもありましたか？」

「えっ」

「先ほどから、あのアパートを見ているようですが——。失礼しました、私は不動産屋をやっておりまして、このアパートの斡旋業務もしており、住宅のアドバイザーをしている者です」

「ああ、不動産屋さんですか。実はこの近くのアパートで、空き巣に入られたという部屋が多いので、私たち警視庁の刑事課でも偵察を始めたんです。私は中村といいます」

そう言って、中村は警察手帳を見せた。

「そうですか、私は——」

原田は名刺を中村に渡す。中村からも名刺が渡されたのだった。

清水睦がアパートで暮らし始めてから一年以上が過ぎた。睦が結婚して奥さんも一緒に暮らし始めたという話はまだ原田の耳には届かなかったが、安穏に生活をしているようだった。

また空き巣の件も、警察が近辺を偵察・監視しているということが犯人にも伝わったのか、今のところ睦のアパートでは被害はない。原田は住宅アドバイザーとして胸を撫で下ろしていた。

ところがある日、中村刑事が突然、原田不動産の店を訪れた。

「原田さん、驚かないでください。清水睦さんが、アパートの部屋で亡くなっていました」

「えっ！　……病気ですか？　事故ですか？　まさか、殺人なんてことは……⁉」

「今、調べている最中なので、詳しいことはまだお話できませんが」

それだけ言うと、中村刑事は現場へ向かっていった。

清水睦が殺された――。

原田は混乱していたが、そのとき頭をよぎったのは、睦が初めて原田不動産を訪ねてきた日、睦が帰ったあとに現れたフードにサングラスの男のことだった。「清水に住まいを紹介するな」と怒鳴り声を上げていたあの男は、睦が殺されたことと関係があるのだろうか……。原田はこの件を中村刑事に話しておこうと思った。

「今、清水という奴が来ただろう！　住まいなど紹介するな！」

あの憎しみが漲った声……。原田は思い出しただけで身震いがした。

一方、清水睦の住んでいたアパートの部屋では、遺留捜査が始められていた。

六　赤城山

清水睦の死体の傍らに、鉄製の文鎮が転がっていた。

「鑑識さん、この文鎮を調べてください」

捜査員が文鎮を指さして、鑑識課の捜査員に知らせる。遺留捜査は、事件につながると思われるどんな物でも探し出し、調査・鑑定するのだ。

睦の遺体は、現場の様子を含めて丹念に記録を取り、その後、大学病院に運ばれ、専門医も加わり、死亡原因をつきとめる。手術台に寝かされた遺体から、事件解決のいろいろな物的証拠を見つけるのもここである。

一方、中村刑事は、清水睦とはどんな人物なのか、まずは人間関係を調べることによってわかってくるだろうと、聞き込みを始めた。

清水睦の故郷は赤城山の麓に広がる長閑な町、群馬県の伊勢崎市である。父親を早くに亡くし、母、兄の匠(たくみ)、そして睦の三人で支え合い、豊かではないが平穏に暮らしてきた。睦は地方の大学を出るとすぐ、横浜に本社がある鉄鋼会社に就職し、そして北千住の鉄工所勤務となった。

工場の寮に入ると、一年先輩の黒澤由紀夫と隣の部屋同士、すぐに親しくなった。初めてのことだらけで戸惑っている睦に、仕事のことや生活のことなど、まめに世話をしてくれた。またこの鉄工所には、黒澤と同期の山本隆司や川岸智がいて、睦と年代の近い者が多く働いていた。

睦がここで働き始めた翌年の八月、工場の都合で三日間の夏休みをとることになった。特に若い者たちは声を上げて喜んだ。いつも油まみれになって機械と取り組んでいる者にとって、この夏休みは最高の贈り物のようだ。誰もがそれぞれに、三日間の休みをどのように過ごそうかと楽しそうに考えていた。家族と相談する者、仕事の合間に同僚と旅行の打ち合わせをする者など、皆、八月の休みが待ちどおしいようだった。

「おい、清水。せっかくの夏休みだから、夏山登山でもしようぜ。高い山は頂上に行き着くまでが大変だから、どこか手頃な山はないかな」

昼休み、黒澤が睦にそう声をかけた。

黒澤はこの日の仕事が終わったあと、山本隆司、川岸智、睦を誘って駅前のスナックに行った。睦はアルコールは飲めないのだが、酒好きの黒澤に誘われて時々スナックや居酒屋にお供をしていた。

「川岸、車で来てないよな。飲酒運転は駄目だからな」

「そんな馬鹿はしないよ。車といっても会社の車だしな」

「それなら安心。今夜は、夏休みのことを決めようと思ってね」

「黒澤さんは、登山をしようと思ってるんですよ」

「へえ、どこへ行くつもりなんだ？　まさか男体山とか――」

「俺の故郷にある富士山へみんなを案内したいところだけど、俺たちで富士登山は無理だ。そこでだ、清水の故郷、群馬県にある赤城山に登ろうと思う」

「〝あかぎさん〟とは土地の人は言わないって聞いたよ。〝あかぎやま〟と言うらしいね」

物知りの山本が言葉を挟んだ。

「君たち、赤城山といったら、誰を思い出す？」

と、これも山本の知識自慢だ。

「そうだなぁ、政治家の福田元首相や中曽根元首相が高崎市の出身だよね」

「お前知らないのか、もっと有名な人物がいるだろう」

「清水、教えてやれよ」

「江戸時代後期の侠客で、『赤城の山も今宵限りか』の名文句で有名な国定忠治です」

「その赤城山に行こうと思ってる。どうだ？」

「赤城山って、日本の百名山の一つだよな」

「そうです。群馬県のほぼ中央にあります」

睦は故郷赤城山のことを皆に知ってほしくて、三人に説明を始めた。三人は睦の雄弁さに呆れるとともに、赤城山とはどんな山なのか期待をした。

「赤城山は大昔の火山活動のときに、岩なだれという大規模な崩落があったそうです。私の実家がある伊勢崎市の北のほうまで、岩屑がなだれとなって浸食したらしいです。黒檜山（くろびさん）やカルデラ湖の大沼も噴火によってできました。十三世紀の噴火を最後に、火山活動は止まっているといいます。それと、嘘か本当かは知りませんが、赤城山には徳川埋蔵金伝説があるそうですよ」

三人は睦の赤城山の説明に聞き入っていたが、最後の徳川埋蔵金の話にはびっくりした。

「よし、夏休みに赤城山に行くぞ」

「うん、行こう！　でも、男だけじゃ物足りないな。女の子を誘ってみようよ」

「そうだ、事務の子を誘おう」

四人それぞれに、あの子を誘おうと頭の中に思い描いている。それで楽しみが倍増したせいか、この夜の酒盛りは皆、少しだけ羽目をはずしてしまった。

カルデラ湖を持つ関東有数の複成火山である赤城山へ、夏休みに登山をする。四人はそれぞれに楽しみを深めつつ、毎日の仕事に励み、夏の休業に入って、いよいよ赤城山登山の日が来た。

当日は北千住の駅に六時半集合だ。案内役の睦が少し早めに寮を出て駅前に向かうと、山登りの服装をした女性二人が人待ち顔で立っていた。一人は睦も顔だけは知っている、工場で事務をしている久保良子だが、なんとなく声をかけづらく、他の皆が来るまで少し離れたところで待つことにした。

しばらくすると、黒澤、山本、川岸がリュックを背負って現れ、二人の女性に近づいていったので、睦は皆に駆け寄って声をかけた。山本が良子に、

「良子ちゃん、おはよう。こちらは?」

と言って、もう一人の女性のほうを見る。

「こちらは私の友達で、大友悦子さん。赤城山へ行ってみたいって言うので誘いました」

山本が男性陣を紹介した。

「こちらが、我らのリーダー黒澤由紀夫。こちらは川岸智。そして今日の案内役の清水睦。私は山本隆司といいます。これで、赤城山へ行くメンバーが揃いました。それじゃあ、案内役の清水さん、お願いします」

「さあ出発しましょう」

と睦も張り切った。

睦たちは東武線の赤城行きに乗った。北千住の駅を出るとすぐに荒川の鉄橋にかかり、その先は緑一面の田んぼが広がっていて、ところどころに稲の穂が出始めている。

皆が乗った車両は乗客が少なく、貸し切り車両のようになっていた。

おしゃべり好きの山本が、良子と悦子を相手に話し出した。

「悦子さんと言いましたっけ、悦子さんはどんな仕事をしているんですか？」

良子と並んで座っている悦子が答える。

「私は、美容室で美容師をしています」

それを脇で聞いていた黒澤が、話に割り込んできた。

「悦子さんがいる美容室はどこにあるの？　北千住？　それとも渋谷や新宿かな？」

黒澤はうるさいくらいに悦子に訊く。

「黒澤さん、そんなに悦子のことが気になるの？　あとでゆっくり話したら？」

と、良子が話を打ち切った。

車窓から街並みと田園を交互に見ながら、電車はやがて利根川を渡った。次の駅は館林だ。ここまで来れば赤城駅まではもうすぐだ。

睦たちは終点の赤城駅で降り、そこからバスに乗り換えて赤城山の麓へ向かった。バスは赤城山ビジターセンターへ着いた。ここが赤城山の入口だ。バスから降りると、一気に汗が噴き出てきた。

「ここから山の中心になります。熱中症にならないように、水分を十分に取りながら行きましょう」

と、睦は皆に注意をした。

小さなことにも気がつく良子が、黒檜山のほうを見て言う。

「ほら、あの山のところ、積乱雲がもくもくと生まれてきたわ。夕立があるのかしら」

「本当だ、入道雲が大きくならないといいですね。さて、出発しましょう。最初に行くところは赤城神社です。大沼というカルデラ湖を背景にして建っています」

車道の端を通って道なりに二十分ほど歩くと、赤城神社が見えてきた。六人は、奈良時代には創建されていたのではないかという神社にお参りをして、記念に写真を撮った。

神社の裏側に行ってみると、そこには水を満々とたたえた大沼があり、六人は木陰で休み、汗をぬぐった。

「皆さん、お疲れ様でした。ここでお昼にしましょう」

朝早かったこともあり、待ってましたとばかりに持ってきたお弁当を広げ、皆で食べ始めた。


「さあ、あの雲が大きくならないうちに、先へ進もう」

食休みのあと、その掛け声とともに、黒澤を先頭に歩き出した。

森の中に通っている道をしばらく歩き、振り返ると、豊かに水をたたえた雄大な大沼が見えた。またしばらく歩いていくと、太陽が積乱雲の峰に隠されたようで、今までの日射しが薄くなり、森が少し暗くなった。

「これは夕立がくるな」

先頭を歩く黒澤はそう言って、足の重くなってきた皆を急がせた。睦は遅れがちになっている良子を気遣って、良子の後ろを歩いた。

やがて二叉路にぶつかった。一方は黒檜山に、もう一方は大ダルミに行く。睦たちは天候が気になっているので、巨岩が並ぶ樹木帯には入らず、大ダルミのほうへ行くことを選んだのだが、ここで心配が本物になった。かすかに遠くで鳴っていた雷が、稲妻とともに大粒の雨を降らせてきたのだ。

黒澤、山本、川岸、悦子の四人は、御黒檜大神の祠の中に逃げ込んだ。滝の流れのような雨が人々の動きを止めた。

前の四人に遅れてしまった睦と良子は祠にまでたどり着けず、近くの小さな洞窟に逃げ込んだ。

「私たち、ここに閉じ込められてしまうのかしら……」

「そんなことはないよ。入道雲が降らす雨は、すぐにやむよ」

鋭い稲妻が光り、耳をつんざくような雷鳴が響く。どこか近くに落雷でもあったのか、洞窟の中にも雷鳴がとどろいた。

睦は良子の恐怖心を少しでも静めようと、こんな話をした。

「良子さんは、国定忠治を知っていますか？」

「聞いたことはありますけれど、どんな人ですか？」

「国定忠治というのは、江戸末期の侠客で、博徒です」

「そんな人がどうして、赤城山で有名なの？」

「それはね、忠治はただの博徒ではなかったからです。上州、今の群馬県伊勢崎地方の豪農の家に生まれた忠治は、だんだんに頭角を現して、赤城山周辺のやくざの大親分になったそうです」

「やくざの親分ということで、幕府から追われたんですか？」

「それがね、ただの親分ではなかったようです」

伊勢崎市が睦の故郷であることもあって、小さな頃から聞かされた国定忠治の英雄伝を、睦は良子に話した。

そのうちに、いつしか雷鳴は遠ざかり、豪雨も小降りになったようで、やがて洞窟の中に日の光が射し込み始めた。

「清水さん、ありがとう。一人でここに閉じ込められていたらと思うと……。清水さんの話で気がまぎれて、いい体験が増えました」

雨がやみ、二人が洞窟を出ると、西に傾きかけた太陽がまた、元のような鋭い光線となって二人を照らした。

御黒檜大神の祠に逃げ込んだ四人も、太陽の光に目を細めながら出てきた。

「良子、どこにいたの？」

悦子が聞いてきた。

「みんな無事だったね。清水、まだ行くところがあるのかい？」

黒澤が睦に聞く。

「今日のコースは初心者コースです。ここから、土地の人たちに『大ダルミ』と呼ばれているところを通って、駒ヶ岳登山口に出ます。そこを過ぎると、出発点の赤城山ビジターセンターに着きます」

「清水さん、大ダルミってなんですか？」

「これからそこを歩くので、すぐにわかりますよ」

すると黒澤が声を張り上げて皆に言った。

「さあ、太陽も傾いてきたようだから、問答はそこまでにして、出発しよう」

夕立があったので、道はぬかるんでいる。

「これが大ダルミです。足元に気をつけてください。——赤城山は晩秋頃から雪が降り始め、雪深いところです。そして春になってもなかなか雪がとけず、それで『ぬかるみの道』というそうです。さて、駒ヶ岳にはこの道を登っていきますが、我々は赤城山ビジターセンターのほうへ行きます」

大ダルミには、もう秋の準備が整ったススキが穂の先が見せている。野の草の中のぬかるんだ赤土に足を取られながら、六人はダケカンバやナナカマドの生い茂っている道を進んだ。

ようやく赤城山ビジターセンターに戻った六人は、コーヒータイムを取った。太陽は西の空に、真っ赤な夕焼け雲となって沈みかけている。黒澤が言った。

「初心者コースじゃなくて、次は黒檜山や駒ヶ岳に登りたいな」

料金受取人払郵便

新宿局承認

3971

差出有効期間
2022年7月
31日まで
（切手不要）

郵便はがき

1 6 0-8 7 9 1

1 4 1

東京都新宿区新宿1－10－1

(株)文芸社

愛読者カード係 行

ふりがな お名前			明治　大正 昭和　平成　　年生　　歳
ふりがな ご住所	□□□-□□□□		性別 男・女
お電話 番　号	（書籍ご注文の際に必要です）	ご職業	
E-mail			

ご購読雑誌（複数可）	ご購読新聞 新聞

最近読んでおもしろかった本や今後、とりあげてほしいテーマをお教えください。

ご自分の研究成果や経験、お考え等を出版してみたいというお気持ちはありますか。

ある　　ない　　内容・テーマ（　　　　　　　　　　　　　　　　）

現在完成した作品をお持ちですか。

ある　　ない　　ジャンル・原稿量（　　　　　　　　　　　　　　　　）

書　名				
お買上 書　店	都道 府県	市区 郡	書店名	書店
			ご購入日	年　月　日

本書をどこでお知りになりましたか?

1.書店店頭　2.知人にすすめられて　3.インターネット(サイト名　　　　)

4.DMハガキ　5.広告、記事を見て(新聞、雑誌名　　　　)

上の質問に関連して、ご購入の決め手となったのは?

1.タイトル　2.著者　3.内容　4.カバーデザイン　5.帯

その他ご自由にお書きください。

(　　　　)

本書についてのご意見、ご感想をお聞かせください。

①内容について

②カバー、タイトル、帯について

弊社Webサイトからもご意見、ご感想をお寄せいただけます。

ご協力ありがとうございました。

※お寄せいただいたご意見、ご感想は新聞広告等で匿名にて使わせていただくことがあります。

※お客様の個人情報は、小社からの連絡のみに使用します。社外に提供することは一切ありません。

■書籍のご注文は、お近くの書店または、ブックサービス(0120-29-9625)、セブンネットショッピング(http://7net.omni7.jp/)にお申し込み下さい。

「それには足腰を鍛えておかないとね」

今まであまり話をしなかった川岸が黒澤をからかった。

「黒檜山の頂上から、小沼や富士山が見えるそうね。それに、ここからは関東平野も一望できるらしいわ。私もう一度、赤城山に来て、そんな景色を見たいな」

良子の意気込みに、山本がすぐに反応した。

「俺も見たい！　俺と一緒に来ようよ」

黒澤は腕時計を見ると、皆に言った。

「さあ、バスが来る時間だから行こう。ここからバスで赤城駅に出て、東武線で北千住駅まで戻るよ。でも、帰りは五人になります。清水くんは赤城駅から伊勢崎の実家に行きます。お母さんとお兄さんが待ってるらしい」

「私の不勉強な案内で、不安いっぱいだったでしょうが、無事ここまで来ました。今、黒澤先輩から話がありましたが、私の故郷は伊勢崎なので、ちょっと実家に寄ってから帰ります」

バスの中では徳川埋蔵金の話で盛り上がった。一番興味を示したのは黒澤で、今にも埋蔵金を掘りに行かんばかりの意気込みで五人を圧倒した。

七　結婚準備

睦以外の五人は、帰りの電車中でもいろいろな話をした。

詮索好きな川岸が、悦子に話を振る。

「悦子さん、悦子さんにはいい人がいるんですか?」

悦子は笑いをこらえながら答える。

「いい人は、いません。川岸さんのいい人になろうかな。それとも黒澤さんがいいかな」

「悦子さん、俺、立候補します」

すると、それをそばで聞いていた黒澤も言った。

「それはないよ。悦子さん、俺が立候補します」

黒澤は、赤城山への行きの電車の中で関心を持った悦子の仕事について、帰りにも聞いた。

「悦子さんの仕事は美容師と言ってたけど、その美容室はどこにあるの？」

「黒澤さんは、そんなに美容室に興味があるの？」

「いや、そんなことないけど、どこにある美容室か知りたいだけだよ。なあ、山本？」

良子と二人、真剣な様子で話をしていた山本に話を振った。

「ごめん、今、良子と大切な話をしてるんだよ……」

帰路の電車での会話を楽しんでいるのは川岸と悦子の二人で、黒澤、山本、良子は何か気持ちに引っかかりがあるようだ。

良子の心の変化を知っているのは、睦かもしれない――。

赤城山から帰り、夏休みを終えたそれぞれの関係に、日が経つにつれていろいろと変化が出てきた。

黒澤たちには「俺の恋人だ」などと公言していた山本は、良子とうまくいかなくなったのか、仕事中にイライラし、心が揺らいでいる様子が見えてきた。

ある日の昼休み、睦は山本から呼び出された。

「清水、ちょっと話がある。今日、仕事が終わったら荒川の河川敷に来てくれ。俺は先に行って待ってる」

山本は冷静にそう言っているように見えたが、本当は気持ちが高ぶっていて、それを懸命に抑えていた。

十月も末になると、五時を過ぎれば辺りは暗くなり、河川敷のかなたに見える家々の明かりがチラチラと輝き出す。睦は足元を用心しながら、川岸近くに立っている山本のところへ行った。

河原はすっかり秋色に変わっていて、ススキの穂が、あるかなしかの風に揺れている。

「山本さん、暗くなりましたね。秋が深まってきたんですね」

「……清水、なんで俺に呼び出されたのか、わからないのか?」

「私も山本さんに話をしなくてはならないことがあります」

「俺は、俺は――」

「山本さん、すみません! 山本さんと良子さんが親しくしているのは知っていましたが、私も……良子さんと親しくなりました!」

「そうだよ、良子は俺の恋人なんだ!」

山本の身体がブルブルと震えている。睦はなんと言っていいかわからず、何も言葉が出なかった。

「人の大切なものを盗んだんだ、お前はどろぼうだよ！」

夜の闇が迫ってくるのと同じように、山本は睦に迫ってきた。

「お前なんて！」

山本はそう言って睦の胸ぐらを掴む。睦はそれを解こうとしてもみ合いになりながら、やっとの思いで言った。

「山本さん、良子さんに話を聞いたんですか？」

「良子にだと？　良子は近頃、俺に顔も見せなくなって、話し合うどころじゃない！」

「良子さんにもきちんと話を聞いてください」

山本は、もう話は不要とばかり拳を振り上げた。

そのとき、「山本、やめろっ！」という大きな声が河川敷に響いた。黒澤と川岸がものすごいスピードで草原を走ってくる。

山本は一瞬ひるんだが、睦を押し倒した。睦は後ろに倒れたが、地面を覆っている穂を出し始めたススキのおかげで大事には至らなかった。

黒澤と川岸が息を切らしながら二人に駆け寄る。黒澤が山本を捕まえ、倒れている睦を川岸が助け起こした。

「山本、やめろ」

と、黒澤は山本の肩を掴む。

「山本、お前が朝から心ここにあらずで、昼休みに清水を呼んで何か言ってるのを見て、これは何かあると俺は心配していたんだ。川岸は、良子さんも仕事に身がはいらないようだと言ってる。こんなことをする前に、もう一度良子さんとよく話し合ってみろよ」

山本はうなだれて、すごすごと歩きだした。

睦は黒澤、川岸にただ頭を下げるばかりだ。

「すみません、ありがとうございました……」

「清水、お前もよく考えろよ」

原因は自分にあるのだろうか……と睦は考えた。しかし、今はもう一途に良子が愛おしいという思いしかなかった。

翌日、黒澤は良子に連絡を取り、西日暮里の若葉喫茶室で午後六時に待ち合わせをした。

少し早めに若葉に着いた良子が、コーヒーをオーダーして、店内に流れている音楽に耳を傾けていると、待つほどもなく黒澤が現れた。良子の向かいに座った黒澤もコーヒーをオーダーした。二人は目と目で挨拶を交わす。そして黒澤は、慎重に言葉を選んで話し出した。

「良子さん、お久し振りです。赤城山以来ですね」

「同じ職場にいながら、なかなか会わないものですね。お久し振りです」

「私が良子さんに声をかけるなんて、びっくりしたでしょう。良子さんは知っていたほうがいいと思うので、お話しします。昨夜、ちょっとした事件が起きたんです。山本と清水が工場裏の河原で、揉め事を起こしました。その揉め事の原因は、良子さんにあるんです」

「私にですか……」

「そうです。良子さんのはっきりとしない態度にです。二人は自分が良子さんの恋人だと主張して、お互いに譲らないんです」

「私は山本さんとは、交際を断っています」

「そうですか。でも、山本はあなたを待っています」

「私は清水さんを選びました」

「良子さん、そこですよ。良子さんの気持ちをはっきりと山本に伝えなければ、山本は納得しませんよ」

良子はしばらく考えていたが、

「そうですね……。夏の赤城山登山の夕立で、洞窟に避難したとき、清水さんはとても頼もしかったんです。それで、私の心は清水さんに惹かれていきました」

良子は、山本にはない、睦の真心を見つけたのだ。

良子は「山本に自分の心をはっきりと伝える」と約束し、黒澤と別れた。

数日後、睦と良子は、山本に自分たちの意思を伝えた。山本は黙って話を聞いてはいたが、納得しないまま二人の前から去った。


十一月下旬の連休に、伊勢崎の母と兄が上京した。兄は食材の研究のため、上野アメ横に行き、母は睦の顔を見たいと一緒に出て来た。

そのため兄は上野で、母は北千住で降りて一人で睦の所へ来た。工場も休みの日なので、睦は良子と一緒に北千住駅で母を出迎えた。母は、良子の存在は事前に電話で睦から聞いていたが、良子が一緒に駅まで迎えに来てくれたのは少しびっくりした。

工場の寮では手狭だし、休みで部屋に工員たちもいるため、駅の近くのレストランで食事をとりながら、母に良子を紹介することにした。

「お母さん、こちら久保良子さん」

「わたくし、久保良子です。睦さんと同じ工場で事務員をしております。よろしくお願いします」

「久保良子さんですか。お出迎えありがとうございます」

母はそう言って、テーブル越しに良子と手を握り合った。

「お母さん、僕たち、結婚を約束したんです」

「私たち、幸せになります」

母は二人の様子を見て、幸せになってほしいと心から願った。睦は母に良子の紹介が無事済んだのでほっとした。

「でも睦、今のままでは結婚は無理よ。ねえ、良子さん」

「えっ、どうしてですか?」

「だって、工場の寮生活でお嫁さんを迎えるなんて、とてもとてもできませんよ。まず工場の寮から出なさい。マンションでもアパートでも探してごらん。少しぐらいなら応援はしますよ」

母の言うことは当然であって、睦も考えてはいた。

母はアメ横商店街に行っていた兄と合流して帰っていった。

「良子さん、私はまだ君のご両親にお会いしていないけど、いつ紹介してくれるのかな」

「それは睦さんが決めることでしょう。私はいつでも両親に会ってもらうわ」

良子は少し気分を害したようだ。

「そうだね、私がもっと早くにご両親に会うべきでした。山本さんのことがあって、気が回らなかった」

二人は近々日にちを決めて、良子の両親に挨拶に行くことにした。


十二月に入り、睦は母が言っていた良子との住まいを探し始めた。工場の休みの日に、同僚や友人からの遊びの誘いを断る口実に苦心しながら、田端や王子のほうまで足を延ばした。

探し疲れた頃、ふと一軒の不動産屋が目に入った。

「原田不動産、住まいのアドバイザー……」

と、看板を見ながらつぶやいた。〝住まいのアドバイザー〟という謳い文句が気になり、店のドアを開けた。

原田の店に飛び込んだことが、睦には幸運だった。原田は親身になって相談に乗ってくれ、ほどなく2DKのアパートが見つかったのだった。

八　自首

ひと頃頻繁に起きていた空き巣の被害も、最近はないようで、警察も住民の協力に感謝して安心していた。

それを見越したのか、警戒の気が緩んだというのか、また空き巣事件が起きだした。警察署では係員を増員して警戒に当たった。

空き巣事件が再び起こっていることを耳にした中村刑事は、ある日フラリと警察署に立ち寄った。

気心の知れた署長に挨拶をして、少し寛いでいるとドアがノックされ、捜査員が署長室に入ってきた。署長室の来客を見て、捜査員は署長の耳元で、

「例の交通事故を起こした者が、自首してきました」

と伝えた。すると署長は中村に向かって言った。

「中村刑事、一緒に話を聞こう。捜査員、どういうことか話してくれ」

捜査員は姿勢を正して報告をした。

「今年の八月、朝のウォーキングをしていた不動産業の原田利夫さん六十二歳が、公園脇の道路で車の事故にあいました。白いワンボックスカーはそのまま走り去り、接触された原田さんは道路に倒れ込んで肋骨骨折、そして頭部に傷を負い、救急車で病院に運ばれました」

「それで、今までわからなかった加害者が、自首してきたというのか?」

「はい。これから刑事課長が事情聴取をします」

「よし、行こう」

署長と中村は取調室の隣にある、マジックミラーの付いている部屋に入った。取調室では机を挟んだ刑事課長の前に、男が小さくなって座っている。

「これから話を伺います。まず、あなたの名前を教えてください」

取り調べが始まった。

「杉本正義です」

「年齢は？」

「はい、今年三十六歳になりました」

男は緊張しているのか小さな声で答えている。

「仕事は何をしていますか？」

「はい、井口商事で集配達をしています」

「それでは、あなたが今日ここに来たのはどんな事件でのことで、ですか？」

「はい、今年の八月に、車で配達をしている最中、日暮里にある公園横の通りで、人を傷つけてしまったらしいことです」

「杉本さん、あなたは毎日のように、あの公園横の道を車で走っているんですか？」

「はい、公園の近くに荷物の集配所がありますので……」

「杉本さんが事故を起こしたという、日にちと時刻を覚えていますか？」

「はい、……確か、八月七日の午前八時半頃だったと思います」

「あなたは、事故の相手を知っていますか？」

「原田さんという人だと、最近になって知りました」

「おいおい杉本さん、あなたは本当に事故を起こしたのかね？」

「えっ、どういうことですか？」

隣の部屋から見ていた署長も中村も、杉本正義が事故を起こした本人とは決められないところがあると感じ、これはひょっとするとひょっとするな、る。

と思った。刑事課長と杉本の間の机の上には、杉本の運転免許証が載ってい

「杉本さん、本当に原田さんを車でひいたんですか？」

課長に問われた杉本は「えっ⁉」と言うと黙り込み、それから急に顔をきっちりと上げて答えた。

「いえ、私は事故など起こしてません」

「では、なぜ杉本さんは今日ここに来たんですか？　それも、事故から三ヵ月以上も経って」

「はい……、本当は、ここに来ようかどうしようか迷いました。自分では絶対に事故など起こしてはいないと思っていますし。ところが、ひと月ほど前でしょうか、一人で居酒屋のカウンターで酒を飲んでいると、見知らぬ男が

私の隣に座って、耳元でこんなことを言ったんです。『俺は見たよ。あんたが公園横の通りで、原田という男に車をぶつけて怪我をさせたのを』と。私はびっくりして、その男をよく見ようとしたのですが、深く帽子を被り、サングラスをしていて、人相がよくわかりませんでした。それ以来、私を見張っているかのように、たびたび私の前に現れては、『お前が原田さんに車をぶつけた』と言うのです。そんなことを繰り返し言われているうちに、自分が本当に事故を起こしたのではないかと思うようになったんです」

「なるほど、よくわかりました。あとは警察で調べます」

杉本は刑事課長の判断で、ひとまず帰宅を許された。

原田の事件は、加害者を判断する物証が皆無と言っていいほどない。中村刑事が署長室にいることを知った刑事課長は、捜査のヒントが得られればと、中村のいる署長室を訪れた。

「課長さん、ご苦労様でした。おもしろい人物が現れましたね」

「課長、中村刑事の言うことも聞いてごらん」

「はい、ぜひ参考にさせていただきたいと思って伺ったんですよ」

と刑事課長は冗談のように言った。

「刑事課長、原田さんから聞いているとおり、事件の発端は、一人の若者が原田不動産を訪ねたことに始まる。結婚するために工場の寮から出たいと、その若者は原田さんに住宅の斡旋を頼んだ」

「署長、それは私も中村刑事も知っています」

刑事課長はそう言って、中村刑事に今までの捜査過程を話し出した。

「川北幸雄という男性からの通報で、救急車と警察車両が現場に急行。公園横の道路は一方通行で、見通しがいいのですが、事故を起こしたと思われる車両は、川北さんが気づいたときにはすでに遠くに去り、ナンバーは見えなかったと言っています。捜査班は公園近くの防犯カメラを調査しましたが、カメラはほとんどが公園内を向いていて、車の往来は映っていませんでした」

　刑事課長は署長が入れてくれたお茶で喉を潤した。

　そこで署長が口を挟む。

「あとは、原田さん本人が見たことを確かめていくしかないな」

「それで、原田さんが病院でこんなことを言ったのを捜査員が聞いてきたんです。それは、住宅を探していた若者は同僚の恋人を奪った、と――。若者に恋人を奪われた相手とは、何回も話し合ったが、解決しないまま若者は結婚を決めたということです。その、恋人を奪われた者が、原田さんに逆恨みをして事故を起こしたのでは、という線もあるので、若者に恋人を奪われた者を捜しています」

「なるほど、私もそいつを捜してみるよ」

そう言って中村刑事は腰を上げた。

中村が出ていってからしばらくすると、捜査員がノックも慌ただしく署長室に入ってきた。

「署長、刑事課長、報告をします。新たに目撃者がいたことがわかりました」

「どういうことだ」

「目撃したのは子どもです。その子が言うに、白いワンボックスカーの後ろから走ってきてスピードを上げたオートバイが、道路の端に立っていた男の人に接触して、そのまま車を追い抜いていったそうです」

「よし、すぐにその情報を確かめろ」

刑事課長からの指令により、捜査員たちは子どもの情報の真偽を確かめるために聞き込みに走った。

今までは原田の周囲を中心に捜査していたが、捜査範囲を広げるよう刑事課長の命令も出た。まず、清水睦の周囲を調べることになった。

清水睦の働いている鉄工所に探りを入れてみると、黒澤由紀夫を中心に、山本隆司、川岸智、清水睦のグループができていたようだった。この四人の普段の生活を、周囲の人たちに聞き回った。

自動車については、黒澤は寮生活のため、苦労して車の免許は取得したもののの、まだ車は持っていず、工場の車を運搬作業で時々手伝いで運転をしている程度だ。山本は家にオートバイを持っていて、時々オートバイ仲間とツーリングに出かけることがある。川岸は自家用車を持ってなく、黒澤と同様に運搬作業の手伝いで運転をするということが、捜査員によって調べられた。オートバイを持っているのは山本だけだが、三人ともオートバイの運転はできる。清水はというと、まだ運転免許証を持っていない。

ここで捜査員は、重大な発見をした。

山本が恋人だと思っていた女性、同じ工場の事務員である久保良子の気持ちが、清水のほうへ移ってしまった。清水は良子との結婚のため、工場の寮から出て夫婦で住める住宅を求めて原田不動産を訪れた、ということがわかったのだ。

鑑識で、黒澤・山本・川岸の顔写真が作成された。平常の顔写真の他に、原田の記憶の中にある「コートのフードを深々とかぶってサングラスをかけた顔」だ。警察の手筈としては遅いと言えるが、このモンタージュ写真を原田に見せた。

原田は三人の写真をしばらく見ていた。きっと、雪降る夕方、原田の前に現れた男を思い出しているのだろう。しばらくして、おもむろに一枚の写真を取り上げた。

「あの日、清水さんのあとに私の前に現れたのは、この男です」

原田が手に取ったのは、山本隆司の顔写真だった。

警察はこれで一つの証拠を得た。しかし、山本が、良子と清水のことで原田を逆恨みしたという動機はわかったが、山本がそれを実行したという確証はない。

山本の所有しているオートバイを、鑑識で入念に調べたが、日にちが経ち過ぎているため、思わしい結果は出なかった。

顔写真の判定を終えた次の日、原田不動産に思いがけない人物が現れた。

「ごめんください……」

ガラス戸を開けて入ってきた男を見て、原田はびっくりした。昨日、警察のモンタージュ写真で見た山本がそこに立っているのだ。

「あ……、何かご用でしょうか?」

「私は、山本といいます。原田さんには大変なことをしてしまいました。なんとお詫びをしていいか……、本当に申し訳ありません。私の身勝手な考えから――」

「ここではなんですから、こちらでお話を伺います」

と、原田は山本を店の奥の居間へ案内した。妻のみさおも山本の顔写真のことは知っているので、驚いて言葉もなく立ち尽くしていた。

「みさお、お茶の用意を」

はっと気づいたみさおは、慌てて座布団を出し、お茶の用意をしに台所へ行った。

「さあ、どうぞお座りください。さて、どんなお話でしょう」

すると山本は座布団を横によけ、正座をして深々と頭を下げた。

「原田さん、なんとお詫びをしていいか、言葉が見つかりません。あのときは自分の気持ちを抑えることができませんでした。お聞きと思いますが、清水睦くんに恋人を奪われてしまったと、一途に思っていたのです」

「久保良子さんのことですね」

「はい。久保良子さんは、自分の恋人だと思っていたんです」

「山本さんは、それまで良子さんを心から愛していたんですね」

山本は良子のことを思い出したのか、目が潤んできた。

「でも、今は良子さんを清水くんに譲ろうと、いいえ、良子さんは清水くんと幸せになってほしいと思っています」

「そうですか、決心がついたのですね」

「はい。原田さんには本当に申し訳ありませんでした。あのときも、原田さんを転ばせる程度に、と思っていたのですが、つい力が入り過ぎて、ひどい怪我をさせてしまいました。命にも関わることです。悔やんでも悔やみきれません……」

山本は堪えきれずに泣き出した。

「山本さん、わかりました。それで、君はこれからどうするのですか？　私も怪我が治って仕事を再開しました。今までのことはこれからの教訓としていきます。山本さん、君は……」

お茶を入れて居間に戻り、いつの間にかそばにいたみさおも言った。

「恐ろしいことだけれど、若いあなたにはいい経験になったでしょう。清水さんと良子さんのことも、人の気持ちを考えることの大切さ知ったでしょう」

「これから君は、どうするのかな？」

「はい、今日ここに伺ったのは、原田さんに自分の気持ちを伝えたかったためです。私はこれから警察に行きます。原田さんに怪我をさせたことが、どんな罪になるのかわかりませんが、どんな罪にでも服そうと思っています」

「山本さん、私も一緒に警察に行きましょう。そして、あなたの反省している気持ちを捜査員に伝えましょう」

「ありがとうございます」

山本は深々と頭を下げた。

その後、警察の取り調べで、山本はワンボックスカーを運転していた杉本に罪を着せようと付きまとったことも自供した。

山本の罪はどうなるのか――。それは本人の心次第ということかもしれない。

九　睦の死

翌年の夏、今日は隅田川の花火大会の日だ。鉄工所もこの日は特別に就業時間を短くし、従業員たちが花火見物に行けるよう配慮している。

黒澤由紀夫は、川岸隆司、清水睦、その他数人に声をかけ、みんなで花火大会を楽しもうと提案した。しかし睦は良子と約束していたので、黒澤にそれを伝えて、今回はグループに参加しなかった。

黒澤がいつも行っている飲み屋では、店の裏にテーブルを設えて、客たちが飲みながら花火を観られるようにしていた。

睦と良子は北千住駅で待ち合わせ、東武線で浅草へ出た。普段でも交通量の多い浅草通りや吾妻橋通りは車両通行止めとなり、空に打ち上げられた花火だけではなく、川面に映える花火を見たいという人たちであふれていた。

睦と良子は河川敷に作られた桟敷席で花火を鑑賞した。目の前から打ち上げられる花火や、隅田川の上流のほうから打ち上げられる花火に、観衆たちはそのたびに「玉屋〜！」と大きな声を上げた。絶え間なく打ち上げられる花火に、ただただ目を奪われている人たちも多い。

もうすぐ結婚式を挙げる予定の二人は、打ち上げられる花火の音にかき消されながらも、互いに改めて結婚の誓いをした。

次の花火が始まるまでに少しの間があったとき、良子が睦にこんな話をした。

「ねえ、前に一緒に赤城山に行った大友悦子さんを覚えてる？　悦子の実家、空き巣に入られたの。悦子の実家は南千住で理髪店をしているの。店はそれほど大きくないけど、ご両親でやっていて、とても繁盛しているそうよ。店のほうが忙しくて、つい住まいの戸締まりが疎かになったみたいで、ご両親がお客さんの整髪をしていたときに、お母さんが住まいのほうで物音がするのに気づいたの。お客さんにちょっと待っていただいて、わざと少し足音を立てて住まいのほうへ行ってみたら、サングラスやマスクで顔を隠した男が、勝手口から逃げていったんですって。盗まれたものはなかったらしいけれど、睦さんも注意してよ」

やがて、夜空を焦がすようなスターマインが上がり、隅田川花火大会はフィナーレを迎えた。

帰る人の波に押されながら、二人は浅草駅まで来た。

「良子さん、喉が渇いてきたね」

「この近くのお店は混んでるでしょうから、北千住まで行きましょう。まだお店はどこもやってるでしょう」

　東武線も花火帰りの人たちで混んでいた。押し込み状態で電車に乗り北千住に着くと、街はまだ賑わっていた。


　この日の同じ頃、川北幸雄たち〈ほっと・はーと〉のメンバーは、原田利夫の劇団復帰祝いも兼ねて、言問橋を渡り隅田公園の近くにある藤本祥子の家に集まっていた。祥子の家の窓からは、公園の林を通して隅田川がよく見える。

「原田さん、去年の今頃は大変だったけど、すっかり快復してよかった。また元のように白浪五人男の勢揃いができますね。じゃあ、まずは乾杯しましょう」

　幸雄の音頭で、講師の松本肇、原田利夫、藤本祥子、横田正二、茂木秀己、木村沙織はコップを持って立ち上がり、互いにグラスを合わせた。

「カンパ～イ！」

「あっ、花火が上がったわ！」

　祥子が言う間もなく、音がした時には窓の外は空から火の粉が降ってきそうなほどの大きな花火が上がっていた。

「原田さんも復帰したことだから、ここで〈ほっと・はーと〉も花火のように一発打ち上げようではありませんか」

　松本からそんな提案があった。

「賛成！　秋の日暮里祭りの催しもありますし、ここで一発ですね」

　と皆、賛成をした。

「最近また空き巣が横行しているようですが、皆さん家の戸締まりはしっかりしてますか？　日本駄右衛門の科白では『盗みはすれど非道はせず』ですが、こちらの不注意ということもあるけれど、空き巣に入って家の人に気づかれ、殺人に及ぶということもあります。十分に注意しましょう。皆さんも知っている中村刑事が、この近くをパトロールしてくれているようです」

と、松本は皆に注意喚起もした。

やがて花火大会は終わり、幸雄が言った。

「さあ、花火も終わったようですので、あまり遅くならないうちに、ここでお開きにしましょう」

すると原田が皆にお礼を述べた。

「皆さん、本日は私の復帰祝いもしていただき、ありがとうございます。不動産屋のほうも、〈ほっと・はーと〉のほうも頑張っていきます。どうぞよろしく」

人混みにもまれながら北千住駅に着いた清水と良子は、時々寄ることがある喫茶店に入った。

「私、かき氷にする。睦さんは?」

「僕もかき氷にしよう。レモンクリームがいいな」

「すみませーん、お願いします。レモンクリームとイチゴクリームのかき氷をください」

夜になってもまだまだ暑い。店内はクーラーが利いているのに、二人はかき氷が来るのを汗を拭いつつ待った。

　やがて、かき氷のおかげですっかり汗もひき、良子と睦は店を出た。

　二人は良子の家のほうに向かって歩き出す。満月が近いのか、明るい月が空に輝いている。良子と睦は手をつなぎ、身を寄せ合った。

　良子を家まで送った睦は、玄関ドアの向こうに彼女の姿が消えるまで見送って、北千住駅に戻り、地下鉄で西日暮里駅に帰ってきた。早く家に帰りシャワーを浴びようと思い、急いで改札口を出る。

　そこで突然、「清水！」と呼ばれた。声の主は黒澤だった。川岸もいた。

「おお、清水、良子さんとのデートは楽しかったか？　俺は飲み足りないから、これから一緒に飲みに行こう」

「黒澤さん、あんまり飲むと明日の仕事に障りますよ」

　そう言いながらも、睦は黒澤と川岸のあとについて飲み屋に行った。

黒澤は日本酒を注文する。普段は飲まない睦も、黒澤や川岸に勧められて杯に口を付けた。

「黒澤さん、川岸さん、大友悦子さんの家に空き巣が入ったのを知ってますか?」

「本当? 初めて聞いたよ」

「良子さんの話では、ご両親は理髪店をしていて、二人とも店に出ていたときに、家のほうに空き巣に入られたようです。お母さんが住まいのほうで何か物音がするのに気づいて、わざと足音を立てて行ってみたそうです。それで空き巣が逃げて、被害もなく済んだそうですよ」

「怖いな。清水、お前のところは大丈夫か?」

するとと川岸も、自分が聞いた話をした。

「あちらこちらで、空き巣に入られたという話を聞くね」

「すいません、今夜は早仕舞いにします。予定していたよりもお客さんが多かったので、ネタ切れになりました。でも時間はまだ大丈夫ですんで、ゆっくり飲んでってください」

飲み屋の親父さんはそう言って、暖簾を下ろした。

酒に未練のある客たちも、だんだんに腰を上げていった。黒澤たちも適当なところで腰を上げ、親父さんに挨拶をして解散した。

飲めない酒を飲んだ睦は、ほろ酔い気分で家に向かう。午後十一時にもなると家々の明かりもほとんどが消えて、ところどころに立っている街灯だけが道路を照らしている。ふと目を上げた睦は、自分の住むアパートを見た。やはりどの窓も明かりが消えている。しかしそのとき、睦の部屋の窓に明かりが映った。「おや？」と思う間もなく明かりは消えた。

なんだろう？　車のライトが窓に映ったのかも、と思いながら玄関ドアの鍵を開ける。そして玄関の明かりを点けたとき、奥の部屋から「コツン」と音がした。

睦はいぶかしく思いながらも、シャワーを浴びるために風呂場の明かりを点けた。そのあと、パジャマやタオルを取りに行こうとしたとき、奥の部屋で人の動く気配を感じた。

「誰？　誰かいるのか？」

と声をかけ、風呂場の明かりを背にして少しずつ奥の部屋に近づいていく。

部屋に足を踏み入れた瞬間、頭に衝撃を受けた。そこには鉄の文鎮を持った、帽子とマスクで顔を隠した男が立っていた。

男は血を流して倒れている睦をしばらく見ていたが、急にそわそわとしだして、睦を部屋の入口から机のところまで引きずっていった。そして、ズボンのポケットから手拭いを取り出したとき、ポケットから十円硬貨が三枚転がり落ちた。男は慌てて硬貨を拾ったが、一枚見失ってしまった。仕方がないので硬貨は諦め、手拭いで文鎮を拭い始めた。自分が触ったと思うドアノブやテーブル、衣装ダンス等の指紋も拭いた。

この部屋に住んでいるのは一人者だということは、盗みに入る前からわかっていたが、男は周囲を用心しながら去った。

翌日、始業時間になっても睦が出勤してこないのを黒澤が心配して、事務所にいる良子のところまで行って尋ねた。

「良子さん、清水が来てないんだけど、どうしたのかな？　夏風邪でもひいて寝てるのかな？　電話にも出ないんだ」

「私が睦さんに家まで送ってもらったあと、黒澤さんが睦さんを飲みに誘ったんでしょ？　さっき川岸さんから聞いたわ。飲めないお酒を無理に飲ませたんじゃないの？　今頃、二日酔いで頭を抱えて寝ているのかもしれないわ」

「いや、そんなに飲ませてはいないよ。でも心配だな。十時の休みに、工場長に断って清水の家に行ってくるよ」

「会社に連絡も入れてこないのが心配ね。私も一緒に行くわ」

黒澤と良子は十時の休み時間になると、すぐに睦の家に駆けつけた。

玄関チャイムを鳴らすが、出てくる気配はない。試しにドアノブを引いてみると、ドアが開いた。鍵がかかっていないのだ。二人は、「清水」「睦さん」

と声をかけながら奥のほうに入っていった。先に奥の部屋に入った黒澤が、驚いて声を上げる。

「清水、どうした！」

机の横に倒れている睦に近寄る。しゃがみ込んでその身体に手を触れようとして、慌てて手を引っ込めた。

「どうしよう、こんなに血の流れた跡がある！　良子さん、どうしよう！」

良子も睦の姿を見て悲鳴を上げた。そして睦の身体にすがりつく。

「睦さん、どうしたのよ！　こんなに血が……」

叫び声に近い声で泣きくずれた。

黒澤はしばらく茫然としていたが、やがて自分がやるべきことに気づいた。

「良子さん、携帯電話持ってる？　持ってたらちょっと貸してくれ！」

黒澤は良子から携帯電話を受け取り、一一〇番に連絡をした。

しばらくすると警察車両と救急車が到着し、警察官によってすぐに規制線が張られた。ほどなく鑑識も到着し、すぐに調査が開始された。

黒澤と良子は、一人の刑事に睦を発見した経緯を聞かれた。

「まず、あなたたちのお名前を教えてください」

「私は黒澤由紀夫です」

「私は久保良子です」

「黒澤さんと久保さんですね。亡くなった方のお名前は？」

「清水睦さんです」

「どうして清水さんを見つけたのですか？」

「私たち三人は同じ鉄工所に勤めています。工場の始業時刻になっても清水が出てこないので、心配して、二人で清水の家まで見に来たんです」

「お二人は昨日、清水さんと会っていますか？」

「昨日は隅田川の花火大会だったので、私は睦さんと二人で観に行って、花火大会のあと家まで送ってもらいました。確か、九時半頃だと思います。私たち、もうすぐ結婚する予定だったんです。それなのに……こんな……」

そう言うと、良子は泣きくずれた。

「私は、清水が西日暮里駅の改札を出たあたりのところにいるのを見つけて、これから一緒に酒を飲もうと声をかけました。多分、十時頃でしょう。同僚の川岸も一緒で、十一時頃に店を出てそこで別れました」

「わかりました、またあとでお話を伺います。ひとまず会社へお帰りでしょうし」

二人は工場に戻ったが、突然の睦の死に工場は騒然となり、その日は仕事どころではなくなっていた。

捜査員としては、死亡者の昨夜の行動を知ることも事件解決につながるため、すぐに清水睦の行動を調査した。

時系列で見ると、以下のようになった。

・久保良子と一緒に、隅田川の花火を観賞：八時半頃まで
・良子と一緒に北千住の喫茶店に寄る：九時頃
・良子を家まで送る：九時半頃
・西日暮里駅で黒澤・川岸と出会う：十時頃
・飲み屋に誘われ、閉店まで店にいる：十一時頃

・家に帰る：十一時二十分頃

清水睦の行動は、黒澤と良子の言ったことに間違いはなかった。

警察車両がサイレンを鳴らして睦のアパートに来たとき、近所の人たちは家から飛び出してきた。アパートの周りに規制線が張られ、監視員がついた。その規制線の前で噂話をしている人たちに混じって、中村刑事の姿が見られた。野次馬に紛れて話を収集しているようだ。

部屋では、鑑識課の捜査員によって遺留捜査が行われた。遺留捜査は、誰の指紋がどこに付いているか、現場に何が残されているか、不自然に見えるものはないか等を細かく調べていくことで犯人につながる手がかりを見つけるのだ。

捜査員が遺体の口を開けると、アルコールの匂いが微かにした。酒に酔って足元がふらつき、机の角に頭をぶつけたのか？　また、頭以外に傷がないかも調べた。

部屋の中の様子でまず気になったのは、玄関と風呂場に明かりが点いていることだ。居間や寝室の明かりは消えている。

また、捜査員は指紋がどこにあるかを調べた。だが、どこを検査しても、清水睦以外の指紋が見当たらない。殺人事件だとしたら、犯人は手袋を使ったか、うまく指紋を拭き取ったのだろう。

ところが、捜査員の一人が一枚の十円硬貨を机の下から見つけた。この硬貨には、誰の物かわからない指紋が付いていていた。

もう一つ捜査員が気になったことがある。それは机の上に置いてあった文鎮だ。指紋を調べてみると、清水睦の指紋も出なかった。ということは、指紋を拭い取ったということである。

次に、清水睦の血液だ。机の下には血だまりができている。本人の不注意で頭を机の角にぶつけたとも見えるが、特殊な液剤を噴霧して部屋を暗くすると、部屋入口のドア付近に血の飛沫が見えた。清水睦はその場所で頭部を殴打されたようだ。そして清水の不注意に見せるために、犯人がドア付近から机のところまで運んだのだろう。

現場ではここまでわかり、さらに細かな検査結果は鑑識から刑事課長に報告をすることになった。

睦の亡骸は大学病院に送られ、詳細な検査が行われた。

警察署から、伊勢崎市の睦の母親のもとに連絡が入った。母親は取るものもとりあえずという状態で大学病院に駆けつけた。

受付から清水の母親が来たとの連絡で、捜査員が母親を霊安室に案内した。横たわる息子を見た母親は、人目をはばかることなく、睦に取りすがって大声で泣いた。

「睦、睦！　どうしたのよ！　良子さんとの結婚も控えているのに！」

そのとき扉が開き、良子が入ってきた。

「睦さん……私……どうしたら……」

睦の身体にすがりつき、あとは泣くだけだった。それを見た母は少し冷静になったのか、良子に言った。

「良子さん、睦を静かに天国へ送ってあげましょう……」

母は良子の肩を抱いて、そっと睦から離した。

「警察では、細かな証拠も見逃さず、犯人に結びつけていきます。大勢の捜査員が犯人逮捕のために動いています。必ず犯人を見つけます」

捜査員は二人にそう言葉をかけた。

睦の遺体は東京で荼毘に付され、母に抱かれて、あとから駆けつけた匠と共に、故郷赤城山の麓の伊勢崎に帰った。

中村刑事が、野次馬たちが囁き合っている話題に聞き耳を立てているときに、こんな情報があった。

「家のインターホンが鳴らされて、でも出てみると誰もいないってことが時々あるのよね」

「あら、あなたの家でも？　私のところもあるのよ」

「やっぱり誰もいない？」

「そうなのよ。何度かそういうことがあって、あるとき手が離せなくてインターホンに出そびれたら、玄関のドアを開けようとするような音が聞こえてきたから、ドアは開けないまま、『何かご用ですか』って言ったら、それっきり音がしなくなったの。あれって、空き巣に入るために家に誰もいないか確かめてたのかしら……怖いわ！」

中村刑事は警視庁の刑事である。鑑識から得た情報を捜査に役立てつつ、かなり自由に動き回っている。今回の事件でも、十円硬貨に付いていた指紋、この指紋が犯罪歴のある者の中にないかなど、鑑識と同じように情報を整理している。自由奔放に行動しているように見えて、犯人逮捕歴は素晴らしいものである。

犯人が想定されても、証拠が揃わなければ逮捕はできない。指紋、血液、アリバイ等、鑑識課や刑事課の活躍は目を見張るようである。

インターホンが用もないのに鳴らされる、という近所の人たちの話を聞いた中村刑事は、しばらくの間、住宅街を注意深く見て回っていた。するとある日、次から次へとインターホンを鳴らして歩く、帽子を目深にかぶった男を見つけた。中村刑事はその男を追跡した。

男がインターホンを鳴らしても反応のない家があった。すると男はその家の周りを注意深く歩いて回り、近所に人が見えないのを確かめると、庭先から家に入り込んだ。これを確認した中村刑事は、すぐに警察署に連絡を取った。

やがて数人の警察官が、静かに中村刑事のもとにやってきた。何人かは家の周りを取り囲んで備え、中村が二人の警察官とともに庭から家に入って男に声をかけた。

「そこまでだ」

男は帽子の他に、黒いマスクとサングラスをかけている。マスクとサングラスは庭か家に入ってからつけたようだ。

こうして空き巣狙いの男は逮捕された。

供述によると、この男は空き巣だけではなく、殺人も犯していた。被害者は清水睦だった。

男は盗みに入っただけであり、殺人は不本意なことだったと、捜査員に対して反省の言葉を繰り返し述べた。

清水睦の部屋の机の下に落ちていた十円硬貨の指紋と、この男の指紋を照合すると合致した。犯行現場の遺留捜査の重要性を、捜査員たちは改めて認識した。

この犯人が逮捕されたことにより、地域での空き巣の被害はほとんどなくなったという。

十　故郷（ふるさと）へ

十一月になって秋が深まり、公園の樹木も美しく紅葉し、青い空に映える頃になった。

清水睦の事件は犯人が捕まり、街の人たちも一安心した。

原田利夫は、原田不動産の〝住まいのアドバイザー〟として、また〈ほっと・はーと〉の団員としても活躍している。

そんな折、伊勢崎市の睦の母から原田に電話が来た。

「私、伊勢崎の清水睦の母です。その節は、睦が大変にお世話になりました。お礼も不十分なまま、日にちが過ぎてしまいました」

「ご無沙汰しております。お元気でいらっしゃいますか?」

「はい、元気に過ごしております。原田さんは、お体のほうはいかがですか」

「もうすっかり良くなりました、と申したいところですが、時々痛みがありま す。これから寒さに向かうので注意しております」

「私も、やっと気持ちが落ち着いてまいりました」

「睦さんのことを思い出されて、お寂しいですね……」

「今日はその睦のことでお電話させていただきました。実はお願いがあるのです」

「はい、どういったことでしょうか」

「睦を殺した犯人は捕まりましたが、私の心の中では、犯人に対する憎しみはまだあります。それに、睦はまだ生きていて、東京で暮らしているのではないかという気もしてしまって……。それで、睦はもういないのだということを自分に言い聞かせるために、睦の百箇日法要をしようと思うのです」

「それはいいことですね。睦さんもきっと喜びますよ」

「それで、私からは言いにくいので原田さんにお願いするのですが、久保良子さんにも来ていただきたいのです」

「わかりました。私のほうから話してみましょう」

「赤城山の紅葉も見頃です。子供の頃の睦の遊び場のような山です。ぜひ赤城山にもいらしてください。奥様もご一緒に、山歩きをしましょう、私が案内します」

「睦くんの大好きな赤城山、楽しみです。百箇日法要の日程が決まりましたら、またご連絡ください。それまでに良子さんにも知らせておきます」

電話を切ったあと、そばで聞いていた妻のみさおが言った。

「赤城山の紅葉、素晴らしいでしょうね。楽しみだわ。睦さん、何度かお会いしただけだったけれど、なんだか気になる人だったわ」

「みさお、法事に行くんだぞ。ピクニックに行くんじゃないよ」

「わかっています、法事です」

ここで二人は笑ってしまった。

「良子さんに連絡をしなくちゃな。会社の昼休みに電話をかければ、話ができるかな」


秋晴れの日曜日、原田夫妻と良子は東武線で伊勢崎市に向かった。すがすがしい朝の空気が漂い、行楽日和を満喫できそうだ。電車の中で三人は、悲しい話には触れないように気づかいながらも、どうしても自然に睦のことに話が行ってしまう。

「原田さん、睦さんを殺めた犯人をどう思われますか？　あの人は、ただの空き巣じゃなかったんですね」

「良子さん、それは違うと思いますよ。あの男は警察で、住人を殺そうとは思ってもいなかったと、涙ながらにはっきりと言ったそうです。『白浪五人男』の科白の中に、『盗みはすれど非道はせず』という部分があります。空き巣に入った部屋で睦さんに見つかってしまい、逃げようとして咄嗟に凶器を振り上げたのでしょう。それが運悪く致命傷になってしまったようです」

「お父さん、もういいでしょう……」

「私、睦さんとのことは、楽しい思い出として心の奥にしまっておこうと思っています」

やがて電車は伊勢崎駅に到着した。改札口には睦の母の姿があった。赤城山に観光に行くのか、たくさんの人が改札口を通過していく。

「本日はありがとうございます。良子さんもよくお出でくださいました。睦もきっと喜んでいますよ」

「清水さん、お出迎えありがとうございます」

「本当ならば、まずは家の睦のお仏壇に、とも思ったのですが、まっすぐ菩提寺に行きましょう。ここからタクシーに乗ってすぐですので」

「お兄さんはいらしてないんですか？」

「はい、匠は皆さんにご馳走をしたいと、家で昼食の用意をしながら待っています」

清水家の菩提寺には、親戚たちも集まっていた。

皆で和尚とともに清水家の墓の前に行き、そこでお経をあげていただく。

一人ひとりが線香を墓前に供えて、睦の成仏を願った。

「原田さん、良子さんから聞いたのですが、睦の前で『白浪五人男』の科白を演じてくださいませんか？」

睦の母の突然のお願いに、和尚や親戚たちは何事だろうときょとんとした。

「和尚様、よろしいでしょうか？」

和尚もびっくりしたようだが、施主の申し出なので、

「仏様が喜ぶことでしたら、ぜひどうぞ」

と、にこやかに答えた。

原田は身を改めて睦の墓の前に立つ。そして、日本駄右衛門の科白を語り出した。

「問われて名乗るもおこがましいが、生まれは遠州浜松在、十四のときから

親に離れ、身の生業も白浪の、沖を越えたる夜働き、盗みはすれど非道はせず、人に情けを掛川から、金谷をかけて宿宿で、義賊と噂高札に、回る配符の盥越し、危ねえその身の境涯も、もはや四十に人間の、定めはわずか五十年、六十余州に隠れのねえ、賊徒の首領、日本駄右衛門」

最後に見栄を切り、長い科白を一気に語り終えると、ここは墓地なのに、和尚をはじめ親戚の人たちからたくさんの拍手が起きた。

「今日は珍しい百箇日忌でした。あなたは役者さんですか？　私も楽しませていただきました」

と和尚に言われ、原田は恐縮した。

「さあ皆さん、我が家に匠が用意した昼食がありますので、これから家のほうにどうぞ。和尚様にはのちほどお届けいたします」

母の案内で、皆は清水家に向かった。

仏壇には在りし日の睦の笑顔の写真が花々に囲まれている。原田は睦と向き合い、線香を供えた。みさおも良子も線香を供え、仏になった睦に手を合わせた。


心尽くしの昼食が済む頃、厨房から睦の兄の匠が挨拶に現れた。そして、

「原田さん、奥さん、そして良子さん、赤城山に行きましょうか」

と言った。

三人は一様に頷いた。

「私が前に睦さんたちと赤城山に来たのは夏でした。青々と葉が茂り、赤城神社の後ろに見える大沼が素敵でした」

「良子さんと睦さんは、そのとき仲良くなったんでしょう？」

「赤城山は思い出の場所なのね」

「さあ、出かけましょう。母さんは助手席に座って、案内人だからね」

匠はそう言って、きれいに磨かれている車の運転席に乗り込んだ。

車で一旦、赤城山ビジターセンターまで行き、そこから赤城神社に向かう。

自動車道の両側の樹木は赤や黄色に染まり、さわやかな風に吹かれている。

そして、ほどなく赤城神社に到着した。

「さあ、ここが赤城神社です。車から下りて参拝しましょう」

原田たちは神社にお参りをした。

神社に沿って紅葉した木々の間を進んでいくと、眼下に大沼が見えてきた。

満々と水をたたえ、岸辺の紅葉した樹木を映している。

「睦、赤城山だよ。故郷へ帰ってきたよ！」

母は黒檜山の峰に向かって、大きな声で言った。

「大沼の湖畔まで行ってみますか？」

「ここからのほうが、素晴らしい景色だと思います。夏でしたら涼しくていいでしょうね」

匠と睦は小学生の頃の夏休みに、まだ元気だった父に連れられて家族で大沼湖畔でキャンプをしたことがある。匠はそれを思い出し、

「睦、キャンプ楽しかったな……」

とつぶやいて、少し涙ぐんだ。

気分を切り替えようとしてか、母が明るく言う。

「では、次のところに行きましょうか。この道をまっすぐ行くと、赤城山で

一番高い峰、黒檜山への登山道入口に出ます」

匠が遠くの山を指差しながら、原田たちに訊く。

「あの山の名を知ってますか?」

「どの山かしら?」

みさおが興味を示した。

「あれは男体山です。日光にある戦場ヶ原で、男体山の神と赤城山の神が、大蛇と大ムカデになって戦い、大蛇の男体山の神が勝利したという伝説があります。そのとき大ムカデが赤い血を流したところがここで、それで赤城山というのだそうです」

「山にはいろいろな伝説があるんですね」

みさおと良子は頷き合った。

五人の乗った車は、黒檜山登山道入口を過ぎ、大ダルミに差しかかった。良子は、ここで夕立にあい、睦と良子が洞窟に避難したときのことを思い出していた。今の大ダルミは、ススキの穂が綿毛をまき散らすように秋風に揺れている。

皆、そんな良子を黙って見ていた。ススキの穂もそよそよと良子を見送ってくれた。

「あれが御黒檜大神の祠です。この辺りにはたくさん洞窟があります。冬は雪、春はぬかるみと、大変なところで、それで大ダルミというのだそうです」

五人を乗せた車は、間もなくビジターセンターに戻った。

「赤城山のお土産は、どんな物があるかしら?」

みさおは売店を見て回った。

「ねえ、お父さん、どれにしよう?」

みさおの頭の中は、誰にどんなお土産を渡すかということでいっぱいのようだ。

匠と良子は、センターの外で紅葉した林を観ながら、睦の在りし日を語り合っている。母は少し離れたところから、そんな二人を複雑な気持ちで見ていた。

秋の日は短くて、夕日が紅葉した木々をなお色鮮やかに染め始めた。

「さあ、そろそろ帰りましょう。車に乗ってください」

匠の声で、原田夫妻も母も腰を上げた。

帰りの車の中は静かで、一人ひとりが何事かを考えているようだった。

やがて伊勢崎駅に着くと、母と匠は原田たちを改札口まで送り、別れの挨拶をした。

「お忙しいところ、今日は睦のために遠くまで本当にありがとうございました。きっと睦も喜んでいます」

「いえ、こちらこそ今日はいろいろとお世話になりました」

「良子さん、いい人を見つけてくださいね」

母は良子の幸せを心から願った。

「お母様、紅葉した赤城山、素晴らしかったです。きっと睦さんも一緒に観ていたはずです」

良子はそう礼を述べて、匠とは別れの握手をした。

浅草方面の電車が来て、原田たちはそれに乗った。そして窓から顔を出し、五人はお互いの姿が見えなくなるまで手を振った。

睦はきっと、赤城山に抱かれて安らかに眠っているだろう――。

月日が流れ、黒澤由紀夫は良子の友達の大友悦子と結婚し、工場の寮を出て新生活を始めた。山本隆司は悔い改め、真面目に刑に服しているようだ。〈ほっと・はーと〉は公演の機会が増え、演目のジャンルを広げてきた。久保良子はどうしているかと、原田夫妻は時々心配していたが、明るさを取り戻し新しい恋人ができたようだと噂に聞いた。

そして……匠と良子が婚約をしたというおめでたい話が原田のもとに伝えられた。きっと睦も天国で二人を祝福していることだろう。

著者プロフィール

竹川 新樹（たけかわ あらき）

栃木県生まれ。

東京都での教職を定年退職。

現在は、音楽会へ行ったり、絵を描いたり、海外旅行に出かけたり、趣味を楽しんでいる。

既刊書に『銀閣寺の女』（2003年『愛する人へ3』に収録）と『その花は、その花のように』（2013年）『家族の詩（うた）』（2014年）『夢に導かれ』（2015年）『ランドセルの秘密』（2016年）『わたしのドン・キホーテ』（2017年）『百の幸せを追いかけて』（2018年）『鎮守様の森で』（2018年）『悪意なき殺人』（2019年、すべて文芸社）がある。

故郷（ふるさと）の懐かしき山

2020年11月15日　初版第1刷発行

著　者　竹川 新樹
発行者　瓜谷 綱延
発行所　株式会社文芸社
〒160-0022 東京都新宿区新宿1－10－1
電話 03-5369-3060（代表）
03-5369-2299（販売）

印刷所　株式会社フクイン

ISBN978-4-286-21559-4